LINEA DI PORTA

Harrisburg Railers 6

RJ SCOTT

V.L. LOCEY

Translated by
DAVIDE ZOCCHI

Love Lane Books

Linea di porta

Un MM Hockey Romance di RJ Scott e V.L. Locey

Linea di porta (Harrisburg Railers # 6), Copyright © 2023 RJ Scott, Copyright © 2023 V.L. Locey

Titolo dell'edizione originale Goal line (Harrisburg Railers #6)

Copyright © 2018 RJ Scott, Copyright © 2018 V.L. Locey

Traduzione di Davide Zocchi

Copertina di Meredith Russell

Edizioni Love Lane Books Limited

ISBN - 9781785646416

Dediche

Alla mia famiglia che mi accetta con tutte le mie manie. Persino la banana di plastica nella fondina.
VL Locey

Per la mia famiglia, sempre.
RJ Scott

Linea di porta

Paura e tristezza caratterizzano la vita di Bryan. Gatlin sarà in grado di dimostrargli che prima dell'amore è necessaria la fiducia?

Gatlin Pearce si sta avvicinando ai trentotto anni ed è ancora single. Non che voglia rimanere solo, ma si sente troppo vecchio per frequentare locali pieni di ragazzini coperti di glitter che non hanno neppure idea di chi siano i Rolling Stones e preferisce passare le serate all'Hard Score Ink – il suo studio di tatuaggi nonché laboratorio artistico – a creare capolavori sulla pelle dei clienti, ascoltare le partite dei Railers e sorseggiare una birra fredda.

La sua vita solitaria è destinata a cambiare nel momento in cui Bryan Delaney, il nuovo portiere di riserva dei Railers, entra nello studio per farsi decorare il casco. I begli occhi del ragazzo raccontano una storia triste e Gatlin si accorge ben presto di non essere insensibile al suo fascino.

Bryan Delaney ha lasciato casa a quindici anni per

essere affidato alle cure di una nuova famiglia, ma se fosse dipeso da lui sarebbe fuggito anche prima dal padre alcolizzato e dalla madre bigotta. Con gli Arizona Raptors, la prima squadra che lo ha acquistato, è arrivata anche la sua prima storia d'amore, purtroppo una relazione caratterizzata dalla violenza.

Essere ceduto ai Railers è stato uno shock, ma la nuova squadra è completamente diversa dai Raptors e sembra che ai nuovi compagni interessi davvero di lui. È solo quando incontra Gatlin e i due scoprono la comune passione per la musica e l'hockey, tuttavia, che il ragazzo si rende conto di quanto abbia bisogno d'aiuto per fuggire dal suo passato.

LINEA
di porta

HARRISBURG RAILERS 6

RJ SCOTT &
V.L. LOCEY

Love Lane Books

UNO

Bryan

Tieni d'occhio Ten, è un piantagrane.

Tutto lì, ma io avevo letto e riletto quelle parole come se all'improvviso avessero potuto comparirne altre.

Non so perché cercassi tracce d'affetto in ogni messaggio di Aarni, soprattutto considerato che quella mia specie-di-ragazzo era il primo a riconoscere di non essere un tipo espansivo. Inoltre, sottolineava sempre che qualcuno avrebbe potuto mettere le mani sul mio telefono e scoprire che Aarni Lankinen, il cattivo degli Arizona Raptors, era molto diverso da come si dipingeva: non era il playboy che scopava ogni donna che gli capitava a tiro, ma aveva un ragazzo segreto e quel ragazzo ero proprio io.

Il telefono squillò e io risposi non appena vidi il suo nome sul display. Aarni non era la persona più paziente della terra e gli piaceva che rispondessi subito.

"Hai ricevuto il mio messaggio?" chiese senza alcun preambolo.

"Sì."

"Non mi deludere."

Sentendolo ridere ebbi la sensazione che si aspettasse proprio quello. In realtà non avevo ancora capito cosa lo avrebbe deluso, ma visto il tipo di persona che ero – maldestro, silenzioso e davvero concentrato solo quando indossavo la divisa da hockey – in qualche modo mi aspettavo di mandare tutto a puttane.

Gli Arizona Raptors mi avevano scelto alle selezioni del 2014, non molto tempo dopo il mio diciottesimo compleanno. Ero stato il secondo miglior portiere selezionato quell'anno, una cosa di cui andare fiero, immagino. Purtroppo non ero riuscito a rimanere al livello della National Hockey League e avevo passato il resto del tempo nella seconda squadra a Tucson. Fino all'anno precedente, quando, dopo che entrambi i titolari si erano infortunati, ero diventato primo portiere.

Non mi ero dimostrato eccezionale, tuttavia, e i Raptors mi avevano messo sul mercato, a rischio di essere acquistato da chissà chi. Era stato un brutto colpo per la mia autostima: ero un portiere buono per la seconda squadra, ma appena mi passavano in prima, a livello della NHL, andavo in palla. Perché mai, mi chiedevo, i Railers volevano qualcuno che non si era rivelato all'altezza delle aspettative? Temevo che avrei partecipato al ritiro e sarebbe finita lì: mi avrebbero retrocesso anche loro in seconda squadra e lì sarei rimasto.

Non era neppure una prospettiva così terribile, se non fosse che mi avevano portato via dall'Arizona e da Aarni e questa volta avrei dovuto cavarmela da solo.

"Pronto? Mi ascolti almeno?" sbottò Aarni.

"Certo, non ti deluderò," mentii.

Sono un buon portiere, paro qualsiasi tiro. So essere forte, concentrato e sono in grado di astrarmi da tutto per seguire solo l'azione che si svolge davanti a me.

Eppure Aarni sapeva quello che sapevo anch'io: nella NHL avrei fatto fiasco proprio come era successo con i Raptors.

Non sono pronto. Dovrei tornare nelle minori.

"Comunque non ti ci abituare troppo. Non ti terranno a lungo."

"Lo so."

"E non scordarti che merde sono i Railers. Non ti fidare, soprattutto del ragazzo prodigio, Rowe. Stronzo arrogante."

Ten non mi sembrava affatto una persona arrogante, ma basavo il mio giudizio sulle interviste che avevo visto in televisione, inclusa quella che aveva concesso insieme a Jared per annunciare la loro relazione. Ero stato orgoglioso di loro due per quel gesto e una parte di me, quella nascosta, oscura e danneggiata, era verde d'invidia per come erano stati capaci di dichiararsi al mondo.

Lo avevo detto ad Aarni, ma aveva reagito male e non mi aveva rivolto la parola per tre giorni. Il suo disappunto era stato come un coltello nello stomaco e ne avevo odiato ogni secondo. Aveva ragione lui: Ten aveva vinto la coppa Stanley, era una superstar, e se i giocatori della NHL avessero potuto partecipare alle Olimpiadi, sarebbe stato sicuramente uno dei convocati. Nessuna squadra lo avrebbe mai cacciato solo perché aveva un ragazzo e infatti la cosa non sembrava aver infastidito i

Railers che, oltretutto, ne avevano ricavato la reputazione di compagine LGBT-friendly.

"Gesù Cristo, Bryan, ci sei ancora?"

Tornai a concentrarmi sulla conversazione. Aarni aveva detto qualcosa sull'arroganza di Ten.

"Non me ne dimenticherò," dissi con voce sicura in modo che capisse che lo stavo ascoltando.

"E ricordati che non ci sarò io a guardarti le spalle." Fece un profondo sospiro. "Mi preoccupa che non ci sarà nessuno a difenderti quando ti ficcherai nei guai. Soprattutto da difensori come Max van Hellren. Quello stronzo avrebbe dovuto essere espulso per quello che mi ha fatto nella partita contro di noi. Ci ha fatto perdere il campionato. Sono contento che sia crollato. Se lo meritava."

Sentii una stretta al cuore. Max non faceva più parte dei Railers, si era ritirato dopo la vittoria della coppa, ma Aarni aveva ragione: ce ne sarebbero stati altri come lui. Si era davvero infuriato per quello che il difensore gli aveva fatto sbattendolo contro la balaustra, ma alla fine si era calmato e aveva promesso che gliela avrebbe fatta pagare alla partita seguente. Era rimasto molto deluso quando aveva saputo che si era ritirato.

Nonostante tutto, però, Aarni era un bravo ragazzo. Era stato lui a difendermi quando il bullismo dei Raptors nei miei confronti era diventato ingestibile e i giocatori di quello spogliatoio tossico se l'erano presa con me. Avevo disputato solo poche partite con la prima squadra, ma le avevo mandate tutte a puttane e loro si erano infuriati. Aarni, tuttavia, era rimasto al mio fianco.

Sembrava intuire sempre il momento in cui il resto della squadra si spingeva troppo oltre e interveniva un attimo prima che me la filassi dalla stanza. Mi aveva aiutato davvero tanto, ma ora era laggiù, in Arizona, lontanissimo.

"Me la caverò," mormorai, intanto che la paura si impossessava di me all'idea delle cose che avrei dovuto affrontare con questa nuova squadra.

"Ne dubito." Sospirò. "Ma non sei stato abbastanza bravo perché i Raptors ti tenessero, quindi non hai altra scelta e non c'è molto che possiamo fare al riguardo, o sbaglio?"

"Esatto."

Doveva aver percepito la disperazione nella mia voce. Non volevo che i Raptors si liberassero di me, ma l'hockey era così. Un giorno mi ero svegliato in Arizona come riserva della riserva, sputtanando tutto, e il giorno dopo la squadra mi aveva messo in vendita e in un momento mi ero ritrovato nella nevosa Pennsylvania.

"Bravo ragazzo," fu tutto quello che aggiunse, ma fu abbastanza.

Riappese, ma quelle due parole mi colpirono come un proiettile e dovetti sforzarmi di controllare il respiro prima di scendere dalla macchina. Gli addetti alla sicurezza mi avevano fatto accedere al parcheggio dei giocatori e la mia Toyota era ferma di fianco a una splendida Porsche rossa. Il mio salario era aumentato grazie al contratto di due anni che avevo firmato e aveva raggiunto i tre milioni, quindi probabilmente era ora di prendere una macchina nuova. Anche se i Railers si fossero resi conto di quello che valevo e avessero deciso di sbarazzarsi di me, avrei comunque avuto abbastanza soldi per permettermela.

"Ehi," disse una voce alle mie spalle e io immaginai subito di aver parcheggiato dove non potevo. Il proprietario della voce era un uomo alto e grosso che indossava l'uniforme della sicurezza e mi sorrideva amichevolmente.

"Mi dispiace, mi hanno detto di parcheggiare qui."

"Nessun problema. Bryan Delaney, giusto?" mi chiese e mi porse la mano. Mi affrettai a stringerla dopo essermi asciugato sui jeans il palmo sudato.

"Sì, sono io," dissi quando mi accorsi di non aver risposto alla sua domanda.

"Benvenuto. Sono Pete," disse indicandosi con il pollice. "Mi avevano avvertito di aspettare il nuovo arrivato."

Mi lasciò andare la mano e mi costrinsi a sorridere anche se sentivo lo stomaco che si serrava. "Grazie."

"Venga, da questa parte." Parlò del tempo, della vita, di hockey e mi disse qualcosa a proposito di una sorella che abitava in Arizona. Quando mi lasciò davanti alla porta di un ufficio, ne sapevo abbastanza su di lui da poterne scrivere un libro. Il fatto è che le sue chiacchiere erano riuscite a calmarmi, inoltre non sarei entrato in quella stanza alla cieca. Conoscevo il nome sulla porta: Alain Gagnon, ex portiere del Vancouver e uno dei migliori allenatori di portieri del settore. Avevo parlato con lui su Skype una volta, dopo che avevano chiesto di acquistarmi. Aveva descritto il mio arrivo ai Railers come una cosa positiva, lo aveva addirittura definito *grandioso*. Tutto quello che ci avevo visto io era il mio fallimento nella NHL con i Raptors e ricordavo di essere tornato da Aarni con il bisogno che mi stringesse tra le braccia.

Come era ovvio, lui si era tirato indietro, ma mi aveva rassicurato sul fatto che, ovunque avessi giocato, mi avrebbe sempre sostenuto. Le sue parole mi avevano fatto bene e i suoi consigli mi accompagnavano anche quella mattina.

Voglio solo che tu capisca chi sei e quale sarà il tuo posto nella squadra. Ten si comporta da amico, ma non si prenderà cura di te come faccio io. Stan? Ha fatto qualche parata fortunata. E per quel che riguarda quello stronzo di Van Hellren, hai visto cosa mi ha fatto nell'ultima partita. Vorrei che non fossi così ingenuo, Bryan. Non credo che giocherai molte partite, quindi non rimanerci male quando ti spediranno in seconda squadra.

Non ci sarei rimasto male, lo avevo promesso ad Aarni e mi ero prefisso di non farmi prendere dall'entusiasmo e non farmi coinvolgere troppo.

Pete bussò alla porta, poi si girò e se ne andò, ma non prima di avermi strizzato l'occhio. Di conseguenza, entrai nell'ufficio già agitato, e ancor più quando poi mi trovai di fronte un russo enorme che mi sorrideva mentre mi stringeva vigorosamente la mano.

"Piacere di conoscere," tuonò Stanislav Lyamin e ci aggiunse una vigorosa pacca sulla schiena. Stan era un portiere enorme, alto e forte. Io ero altrettanto alto, certo, ma non ero massiccio come lui. Era uno dei miei eroi, qualcuno che veneravo e in quel momento era lì che mi stringeva la mano come se valesse la pena di perdere del tempo con me.

Scambiai una stretta di mano anche con Alain, che

poi mi fece cenno di accomodarmi. Stan mi sedette di fianco. Il russo non riusciva a stare fermo e si agitava sulla seggiola come se volesse dire qualcosa.

Alain scosse la testa e lo fissò. "Di' pure, Stan."

Lui si girò subito sulla sedia, io feci lo stesso e ci trovammo faccia a faccia. Dovevo stare attento a quell'uomo. Era una potenza nei Railers e anche se il suo inglese non era un granché ero sicuro che poteva essere offensivo tanto quanto il portiere dei Raptors.

"Jets. Febbraio quindici, grande parata," disse facendo grandi gesti nell'aria con le mani e io mi resi conto che si stava riferendo a un episodio preciso. Forse era qualcosa che aveva fatto? Con gli Arizona Raptors avevo giocato nella NHL un totale di trentasei volte in quattro anni e mi ricordavo perfettamente ogni singola partita. Sbuffando, Stan estrasse il telefono, digitò qualcosa, scrollò e poi me lo mise davanti, agitandolo in modo che lo prendessi. Lo strinsi con cautela, controllai lo schermo e mi ritrovai a guardare me stesso.

Un momento, stava parlando della mia parata contro i Jets? Non era possibile. Pensavo di essere *l'unico* a ricordarmi di quella partita.

Era stato il miglior intervento della mia carriera. Avevano attaccato in vantaggio numerico, l'uomo in più si era lanciato verso di me bloccandomi completamente la visuale, ma avevo sentito quello che avevo bisogno di sentire – il rumore delle lame sul ghiaccio, lo schianto del bastone sul disco – e mi ero lasciato guidare dall'istinto. La fortuna aveva giocato un ruolo fondamentale in quella parata, ma in qualche modo Stan se la ricordava e voleva parlarne *con me*.

"Mi ricordo," dissi mentre lui mi guardava in attesa.

"Tanto bravo," commentò, poi si riappoggiò allo schienale della sedia, incrociò le braccia sul petto e fece un grande sorriso. "Tanto bravo," ripeté. "È grande giornata. No?"

"Grande giornata," confermai poiché sembrava aspettarsi una risposta.

Anche Alain sorrideva. "Va bene, se abbiamo finito con l'angolo del fan, mettiamoci al lavoro. Bryan, vorrei che oggi ti allenassi con Stan per abituarti al nuovo campo. Il coach Madsen ha indetto una riunione dei difensori e dovresti partecipare come prima cosa." Sistemò i fogli che aveva davanti a sé e si schiarì la gola. "Abbiamo del lavoro da fare."

Naturalmente, avevano del lavoro da fare con me. I Raptors non pensavano che mi meritassi di scendere in campo dal primo minuto, quindi immaginavo di dovermi considerare fortunato che un'altra squadra mi desse quell'opportunità.

"Certo," risposi.

"Sei quello che serve a questa squadra." Alain si allungò verso di me, fissandomi con una tale intensità che fu il mio turno di agitarmi sulla sedia. "Voglio essere onesto con te…"

Ci siamo.

"Ti avrei voluto un anno fa, ma naturalmente non era possibile. Sono rimasto molto sorpreso quando ti hanno messo in vendita e abbiamo bisogno di una valida riserva per il nostro Stan. Sono elettrizzato all'idea di vedere cosa sai fare."

"Sul serio?"

Un momento, lo avevo detto a voce alta?

Alain, tuttavia, non sembrò aver notato il tono di meraviglia nella mia voce o, almeno, non ebbe reazioni.

"Voglio che cominci oggi in modo da essere pronto per i nostri primi due incontri. E ti voglio in porta. Sei pronto a cogliere la tua occasione?"

No.

"Sono onorato di far parte dei Railers," dissi invece.

Stan mi aprì la porta e mi seguì fuori dall'ufficio. Ci trovammo in mezzo a un gruppo di giocatori in attesa. Riconobbi ogni volto e fu Connor Hurleigh, il capitano per quell'anno, che si fece avanti. Tutti pensavano che un giorno sarebbe stato Ten avrebbe a rivestire quel ruolo, ma in quel momento era Connor che guidava la squadra.

"Benvenuto nei Railers."

Gli strinsi la mano e mi sforzai di sorridere. "Sono felice di essere qui."

Uno alla volta, mi diedero tutti il benvenuto e io cercai di dare risposte semplici. Non era il caso di scoprirmi troppo rivelando qualcosa che avrebbe potuto essere usata contro di me.

Non dare confidenza a nessuno, mi aveva messo in guardia Aarni.

Alcuni dei giocatori sembrarono confusi di fronte alla mia pacatezza, ma non dissero nulla. Forse era perché erano abituati a Stan che invece era esuberante e chiassoso.

Beh, non era quello che potevano aspettarsi da me.

"Parli anche tu con i pali della porta?" mi domandò Adler Lockhart. Era una delle lingue più taglienti di tutta la lega, aveva sempre la risposta pronta o una battuta salace che faceva infuriare l'avversario, ma in qualche modo riusciva a cavarsela ogni volta e le sue provocazioni non erano mai state sanzionate dagli arbitri. Se scoppiava una rissa in campo potevi essere certo che c'era lo zampino di Adler. Dovevo starci attento.

"No," dissi e gli strinsi la mano.

"Oh." Sembrò deluso dalla mia risposta, ma poi si illuminò. "Allora sono solo quei matti dei russi," concluse e si abbassò per evitare il colpo di Stan. Io feci un passo indietro e cercai di allontanarmi – sarebbe potuta finire male – ma non ce la feci. Qualcuno spuntò da dietro l'angolo e si fermò di fianco a Connor e mi ritrovai faccia a faccia con Tennant Rowe, il fenomeno del ghiaccio e l'oggetto principale del sarcasmo di Aarni. Cosa potevo dire all'uomo che era il volto della squadra e uno dei più brillanti giocatori che si vedevano da un sacco di tempo?

"Ten," mi disse con un po' di fiatone mentre mi porgeva la mano.

Non riuscii a spiccicare parola. Ten era carino, se è una parola che si può usare per un ragazzo. Aveva il viso scolpito, un grande sorriso e occhi luminosi. Mi strinse la mano e attese la mia risposta.

"Ehi," dissi. Era abbastanza da non sembrare maleducato, ma al tempo stesso non rischiava di attirare troppo l'attenzione.

Mi trascinarono con loro giù per il corridoio fino a una porta su cui campeggiava il nome Jared Madsen e fu tutto. Con Stan al mio fianco, il mio primo giorno in ritiro con i Railers stava iniziando.

Non ero nervoso all'allenamento. Neanche un po'. Tutto quello che dovevo fare era entrare a far parte una squadra che aveva appena vinto la *cazzo* di Stanley Cup e inserirmi bene come portiere di riserva.

Un gioco da ragazzi!

Avrei potuto mandare tutto a puttane, *probabilmente lo avrei fatto*, e mi avrebbero venduto. Non quel giorno, però.

L'allenamento fu pesante, ma diverso da quei pochi a cui avevo partecipato con i Raptors. La squadra era concentrata, ma c'era anche una certa leggerezza nelle battute che si scambiavano i giocatori. Non mi unii agli scherzi, mi limitai a stare in porta il tempo che mi fu richiesto, con il casco dei Raptors oro e scarlatto che faceva a pugni con la maglia da allenamento blu dei Railers. Alain mi chiamò da parte per farmi lavorare sul lato della pinza, il mio punto debole, e mi diede un colpetto sul casco.

"Vediamo di procurarti qualcosa di diverso. Usi un Itech?"

"Sì, modello standard."

"Hai intenzione di fartelo personalizzare?"

Quello che avevo era un casco comune e per di più con i colori sbagliati, ma al momento erano l'unica cosa a caratterizzarlo come mio. Niente nome, foto o disegni motivazionali. Solo un riferimento alla zona di Tucson:

il classico saguaro nel deserto. Andava bene e non attirava l'attenzione.

Una volta avevo pensato di inserire da qualche parte il nome di Aarni, ma quando glielo avevo detto mi aveva riso in faccia. *Il modo più veloce per far sapere alla gente di noi e, comunque, perché fare una cosa del genere, cazzo?*

"Penso di sì," risposi ad Alain. Probabilmente avrei optato per il blu scuro dei Railers e magari qualche veduta di Harrisburg. Così, quando sarei stato spedito nella serie minore, avrebbe avuto comunque un senso.

"Ne parlo con Stan." Pattinò verso il russo che intanto stava respingendo con efficacia i tiri di un agguerrito Dieter Lehman. Gli disse qualcosa e Stan, persino mentre parlava, continuò a parare quei cazzo di dischi. Non sarei mai stato così bravo. Sentii una malinconia familiare che si impossessava di me e scossi la testa per scacciarla. Secondo Aarni ero il mio peggior nemico e di solito aveva ragione.

Diventerò altrettanto bravo. Posso farcela.

Dopo la doccia, in jeans e felpa, con la giacca sottobraccio, mi misi ad aspettare Stan come mi era stato detto di fare. Mi avrebbe portato a conoscere l'artista che aveva decorato il suo casco. Per il russo aveva creato un esempio di potenza, dalle travi d'acciaio allo sbuffo di una potente locomotiva a vapore. Erano immagini crude, addolcite solo da un piccolo coniglio dal pelo morbido sotto cui compariva il nome *Noah* in corsivo. C'erano anche delle montagne e del ghiaccio. Non erano riconoscibili, ma dovevano significare qualcosa per Stan. Sulla maschera che proteggeva il viso c'erano vari Pokémon, così piccoli che facevo fatica a distinguerli, ma su ognuno c'era un nome. Riconobbi le parole *Ten* e *Adler*, quindi doveva essere una rappresentazione della squadra o qualcosa di simile.

"Hai pronto?" tuonò Stan alle mie spalle. Smisi di osservare il casco, mi girai e lo seguii fuori dalla porta fino a una monovolume. Non una Maserati o una Porsche, ma una monovolume da mamma, con un seggiolino per bambini e giocattoli dai colori brillanti sparsi ovunque. L'aprì e io salii a bordo. Lui invece fu chiamato da un giocatore, Erik Gunnerson, un uomo con un bel sorriso e degli impossibili ricci biondi. I due parlottarono molto vicini, poi, dopo una risata, Stan, tirò Erik a sé con un movimento fluido e lo baciò a lungo.

Non avrei potuto distogliere lo sguardo nemmeno se lo avessi voluto. Stan baciava Erik lì, nel bel mezzo del parcheggio dei giocatori, di fronte a me e a tutta la cazzo di squadra. Quando si separarono, Erik si avvicinò e prese il viso dell'altro tra le mani, guardandolo con amore e devozione infiniti. Stan disse qualcosa, avvicinò il volto a quello di Erik, poi i due si congedarono con un altro bacio. Feci finta di non stare guardando, ma non potei evitare di notare l'enorme sorriso sul volto del russo.

Smetteva mai di sorridere quell'uomo?

"Noi andare," disse.

Erik montò sulla Porsche vicino alla mia auto, alla cui guida si mise Ten. Quando un giocatore guadagnava i soldi che guadagnava Ten e doveva mantenere le apparenze, una Porsche era l'auto perfetta.

La voce di Aarni mi risuonò nella testa: "*Un giorno la*

gente si renderà conto che Ten non è affatto speciale, tutto fumo e niente arrosto."

Mi appoggiai la giacca sulle spalle, intanto che Stan accendeva lo stereo. La voce di Elvis esplose dagli altoparlanti. Il russo si unì alla canzone, ad alto volume e con una leggera stonatura. Vorrei poter dire che la sua allegria era contagiosa, ma mi sembrava solo un sovraccarico sensoriale. Quando parcheggiammo di fronte al negozio avevo mal di testa, ero nervoso e mi sentivo impacciato e fuori posto. Sensazioni che si acuirono nell'accorgermi che si trattava di uno studio di tatuaggi. Chiunque lavorasse dietro quei vetri smerigliati, era sicuramente giovane, alla moda e sicuro di sé, tutto arte e tendenza. Poi c'ero io, il goffo ragazzo canadese che non sarebbe rimasto a lungo nei Railers.

La voce di Aarni tornò a farsi sentire.

Tira fuori le palle, cazzo.

DUE

Gatlin

_____

"Ne sei sicuro?"

Dovevo chiederlo perché parte del mio lavoro come tatuatore era assicurarmi che i miei clienti fossero contenti del risultato finale. E non solo al momento, ma anche una quarantina di anni più tardi. Farsi tatuare da qualche parte il nome della persona di cui sei innamorato è una scelta rischiosa. Hai diciannove anni e vuoi fartelo scrivere sull'uccello? Bisogna che qualcuno ti inviti a sederti e ti faccia un discorsetto paterno. Io non ero padre, ma ero uno zio, che è più o meno lo stesso, ma meglio.

"Ripeto, ne sei davvero sicuro, Tim?"

Il giovanotto annuì con vigore. "Certo, amo Dixie."

"Sì, me ne rendo conto, amico, ma anch'io amavo Rex, il mio vecchio ragazzo. Fino all'anno scorso quando un giorno sono arrivato a casa e l'ho trovato che faceva le valigie. Quando gli ho chiesto perché, mi ha detto che i suoi sentimenti per me erano cambiati e si era reso conto che ormai mi voleva bene come a un cane."

Tim sbatté le palpebre, l'espressione di chi capisce ma solo fino a un certo punto. "Pesante."

"Esatto." Incrociai le braccia aspettando che il grande amore che il ragazzo provava per Dixie lo spingesse a dirmi che lei non lo avrebbe mai lasciato. Mentre il suo cervello lottava per assorbire l'iniezione di realtà che il vecchio Gatlin gli aveva appena fatto, le note dell'Electric Light Orchestra riempivano il negozio. "Ecco cosa faremo," dissi alla fine mentre Tim mi fissava come un opossum stordito. "Ti do una settimana per pensarci. Se tra sette giorni sarai ancora convinto di volerti far tatuare Dixie sull'uccello, sarò felice di prendere i tuoi soldi e fare il lavoro. Affare fatto?"

Era abbattuto. Odiavo dover essere io a riportarlo con i piedi per terra, ma c'erano buone possibilità che, tempo un anno, la storia tra lui e Dixie sarebbe stata solo un ricordo. Probabilmente, lei avrebbe provato per lui quello che si prova per un cane. Che schifo, maledetto Rex. Un giorno sarei riuscito a superato la sua stoccata finale. O forse no.

"Sì, d'accordo. Però Dixie era davvero su di giri all'idea…"

Si alzò dalla poltrona, che ricordava molto quella di un salone di bellezza, e si avviò verso la porta con le spalle basse e trascinando i piedi. Mi passai le mani sul viso e mi sollevai dal piccolo sgabello che usavo per lavorare.

"Un altro sogno distrutto," disse Jess, mia nipote,

avvicinandosi alla mia postazione, con gli occhi blu che risplendevano di malizia. Le scoccai un'occhiata, aggrottai la fronte e sorrisi. Mi assomigliava in modo impressionante. Mio fratello maggiore, Garrett, diceva spesso che se non avesse saputo che ero gay, avrebbe giurato che ero andato a letto con sua moglie e Jessamyn ne fosse il risultato.

"Mi ringrazierà quando Dixie distruggerà ben di più del suo desiderio di vedersi il suo nome sul pisello," risposi, allungando le braccia sopra la testa per stirarmi la schiena. Si sentì qualche scricchiolio provenire dalla mia spina dorsale.

"Non tutte le relazioni finiscono come la tua," mi ricordò lei mentre si aggirava intorno alla mia postazione raddrizzando le fotografie appese alle pareti giallo senape. Jess era una dea punk dalla punta dei capelli rosa shocking fino agli anfibi. I tatuaggi che le avevo fatto le costellavano le braccia. Per la maggior parte erano immagini con colori violenti, intervallati da teschi e bottiglie di veleno. Garrett non apprezzava granché le opere d'arte sulla pelle della figlia: immagino che cozzassero con il suo modo di pensare da consulente finanziario. Cosa che faceva anche il sottoscritto, ma, nel mio caso, Garrett aveva avuto anni per abituarsi al fatto che il suo unico fratello fosse un tatuatore omosessuale.

"Vero. Solo le *mie* relazioni finiscono così." Lanciai un'occhiata all'orologio a muro, sistemato con gusto tra fotografie di coppie gay degli anni Quaranta. Sulla parete c'erano anche foto a colori di tatuaggi che avevo fatto, qualche poster incorniciato di tour di gruppi rock degli anni Settanta e un montaggio di immagini che avevo disegnato e che erano state applicate su diversi caschi di Stan Lyamin e di parecchi altri portieri professionisti che avevano saputo di me grazie alle sue raccomandazioni. "Ho deciso di prendermi una pausa dalla vita romantica fino a quando compirò quarant'anni."

"Sono altri tredici mesi. Il tuo uccello si avvizzirà e scomparirà." Jess si sedette alla mia scrivania e iniziò a frugare tra la posta.

"Non credo proprio." Sospirai, presi le mie lettere personali e la lasciai ad aprire la corrispondenza dello studio. Era un genio nella gestione dei conti e dell'organizzazione: motivo per cui l'avevo assunta appena aveva compiuto diciotto anni. Garrett ancora non riusciva ad accettare che sua figlia lavorasse da me invece che in banca.

"Non c'è nulla di male a vivere una tranquilla vita monacale."

"I monaci non si fanno una sega al giorno."

"Neppure io e dovrei licenziarti per insubordinazione." Appoggiai le chiappe sul lettino da massaggi pieghevole vicino alla libreria. Jess liquidò la mia osservazione sventolandomi davanti una bolletta del telefono, poi piazzò i piedi sulla mia scrivania. La sua minigonna verde le metteva in bella mostra le gambe e il nuovo tattoo che si era fatta un paio di mesi prima: una grande farfalla con un teschio al posto della testa e le antenne arcobaleno. Garrett era rimasto molto colpito da quel pezzo... Se schiumare dalla bocca può essere considerato un segno di apprezzamento.

"Ehi, si va da Skipper Joe stasera?"

Jess e io ci voltammo verso la porta. Woody, il mio collaboratore part-time, entrò nella stanza. Era un ragazzo simpatico, ventiduenne come mia nipote, alto, magro, con i capelli di un rosso acceso e un naso affilato che era il motivo per cui lo chiamavo Woody invece che Paul, il suo vero nome. Pensavo che fosse divertente, peccato che avevo dovuto spiegargli da dove arrivasse quel soprannome la prima volta che l'avevo usato. Certi giorni mi sentivo davvero vecchio.

"Come hai fatto a collegare insubordinazione a Skipper Joe?" chiese Jess, poi mi allungò la bolletta del telefono. Cercai gli occhiali da lettura.

"Ah, hai detto 'insubordinazione', pensavo avessi detto subordinazione, sottomissione o qualcosa che suonava altrettanto vizioso." Woody era un gay dichiarato da poco e si stava facendo strada nel meraviglioso mondo dei daddy, dei bear e del leather con un entusiasmo che a volte invidiavo. Come si poteva essere così pieni di energia dopo dieci ore di lavoro? Tutto quello che desideravo io era una birra, la partita dei Railers alla radio e un massaggio ai piedi. Forse a Jess l'idea non dispiaceva, ma andare per club a rimorchiare a casaccio non faceva per me. Non più.

"Vedi di svegliarti," commentai intanto che mi toccavo nervosamente i vecchi Levis e la maglietta degli Aerosmith. "Dove cazzo sono i miei occhiali?"

"Ce li hai in testa." Jess ridacchiò, poi scattò in piedi al suono del campanello che segnalava l'ingresso di un cliente. "Comunque, sì, possiamo andare da Skipper Joe's. Stasera mi sento su di giri."

"Bene, andate da soli. A me non interessa passare la serata in un club gay pieno di twink sudati che pensano che Ronnie James Dio sia la seconda base degli Yankees."

Jess fece un risolino e aggirò Woody che stava lì a fissarmi con un'espressione imbambolata. Sospirai, mi levai gli occhiali dalla testa e lo guardai.

"Ronnie James Dio è stato un membro di Black Sabbath, Elf, Rainbow e Dio." Woody scosse la testa. "Sparisci e non tornare finché non sarai in grado di citarmi almeno il titolo di un album di Dio."

Lo congedai agitando la bolletta del telefono, poi mi infilai gli occhiali. Woody uscì con l'espressione di un cane bastonato. Sbirciai il totale del consumo telefonico del negozio, feci una smorfia e alzai lo sguardo appena in tempo per vedere un immenso portiere russo occupare la mia area di lavoro.

"Ciao, Mr. Gatlin Venticolpi," tuonò Stan, spalancando le braccia e attirandomi in un abbraccio degno di un orso che quasi mi spiaccicò gli occhiali sul naso. "Faccio ancora scherzo di tuo nome e mitragliatrice Gatling."

Mi diede una vigorosa pacca sulla schiena, io tossii una debole risposta e mi liberai. Non potevo assolutamente essere considerato un uomo piccolo, ero quasi un metro e ottanta e nessuno mi aveva mai chiamato tappo, ma a confronto di Stan mi sentivo un abitante della Terra di Mezzo.

"È sempre una battuta divertente," dissi all'uomo che mi torreggiava davanti tenendomi le mani sulle spalle.

"Lo so. Questa è una buona che ho fatto oggi per Tennant. Chi è mostro che balla meglio?" Provai ad accennare una risposta, ma il russo mi precedette. "Funkynstein!"

Ridacchiai. "Divertente." Con la coda dell'occhio colsi qualcosa di blu che rimaneva sulla porta. Era un giovanotto con una felpa dei Railers, occhi marroni e una bocca a cui i poeti avrebbero potuto dedicare sonetti. Era alto, aveva le spalle larghe e per un momento il suo sguardo incontrò il mio. Cristo, era bellissimo. Le braccia e le gambe lunghe aggiungevano un tocco in più a quell'aria impacciata, i capelli scuri, tagliati corti, sottolineavano la mascella squadrata. E quegli occhi…

Celavano tristi segreti.

"So altra battuta! Perché è così ventoso nel palazzetto dello sport? Perché siamo tutti venti-enni." Stan ululò per commentare quel gioco di parole degno di un bambino. Io gli sorrisi, poi mi divincolai dalla sua esuberanza. "Adler mi compra libro pieno di scherzi."

"Hai portato un amico?" domandai sfilandomi gli occhiali per evitare che il ragazzino pensasse che fossi così vecchio da averne bisogno per leggere la bolletta del telefono. Il fatto che lo fossi non era certo importante.

"Sì! È nuovo amico e bravo portiere di riserva di Railers, Bryan Delaney," mi informò, poi mi levò il braccio da intorno al collo in modo che potessi andare a stringere la mano al ragazzo.

"Giusto, ti abbiamo comprato dai Raptors, ottima mossa," dissi porgendogli la mano. Lui guardò me, la mia mano, il muro, Stan e poi, finalmente fece scivolare il palmo sul mio. Aveva la pelle sudata per il nervosismo.

"Segui l'hockey?" mi chiese con una voce morbida ma virile. Molto piacevole, se dovevo essere onesto.

"Non c'è molto da fare a Harrisburg durante l'inverno." Gli strinsi la mano per qualche secondo, curioso di capire come un giocatore di hockey potesse essere così timido. Non devono essere estroversi e risoluti per praticare uno sport così violento e aggressivo? Quell'uomo era un insieme di contraddizioni racchiuse in un involucro sexy da morire. Non che mi interessassero gli involucri, è chiaro. Mi sciolsi dalla stretta e mi feci un po' indietro. "Siete qui per un tatuaggio o siete solo passati a trovarmi?"

"Non facciamo tatuaggio adesso. Forse dopo, quando alleniamo Bryan per le palle dei Pokèmon. Adesso cerchiamo disegno per fare casco super figo come è mio."

"Ah, bene," mi avvicinai alla scrivania, lasciai cadere la bolletta sopra il portatile, mi ficcai in tasca gli occhiali e mi voltai a guardare il ragazzo che era ancora fermo sulla soglia. Aveva un'aria agitata. "Sarei felice di lavorare con Bryan a qualche schizzo. Ho solo bisogno di qualche informazione di base su quello che vuole che il disegno rifletta, loghi, nomi, cose di questo genere."

Bryan scoccò un'occhiata diffidente a Stan, poi strinse le labbra così forte che mi fece pensare che non avesse nessuna voglia di parlarne davanti a lui.

"Se preferisci, possiamo programmare per un altro momento così ci puoi pensare un po'su. Perché non vai da Jess alla reception e fissate un appuntamento?"

"Certo, va bene. Okay." Ciò detto Bryan si girò e scomparve.

Spostai lo sguardo dalla porta ormai sgombera a Stan. "È un po' timido, no?"

"Oh, sì, molto timido, ma normale per nuovo giocatore. Io sono anche timido e insicuro quando arrivavo ai Railers."

"Faccio davvero fatica a immaginarti così." Gli sorrisi. Nello studio risuonò il telefono della reception.

"Pah, io sono tanto timido. Nascondo faccia in armadietto, solo levo quando puzza di calzini e pattini fa diventare faccia rossa e svengo per trattenere fiato."

Ecco, *quello* potevo immaginarmelo. Ridacchiai all'umorismo di quell'uomo che avevo iniziato a considerare più di un semplice cliente. Conoscendolo, era difficile evitare che ti facesse breccia nel cuore. Peccato che probabilmente lo stesso non si sarebbe mai potuto dire per Bryan Delaney. Lui e quei suoi occhi belli e melanconici. Non che mi interessassero gli occhi belli e melanconici, beninteso.

"Allora, dimmi un po' del precampionato," dissi mentre aspettavamo che Bryan tornasse. "Come la vedi la possibilità di un'altra coppa?"

"Oh, la vedo molto bene." Stan si lasciò cadere sulla sedia e allungò le gambe davanti a sé. "Abbiamo fatto buone mosse durante estate, come Bryan, e molti di noi anche lavorano con Trent per movimenti più veloci con pattini. Siamo molto più eleganti adesso."

"Non ho dubbi." Il mio sguardo si spostò sul ragazzo che era riapparso sulla soglia. "Siamo riusciti a trovare un orario che ti andasse bene?"

"Io… sì, domani alle otto." In mano stringeva un biglietto nero e senape.

"Va bene. Di solito a quell'ora stacco per la cena. Possiamo andare al bar qui di fronte, prenderci un hamburger e una birra e parlare del disegno per il casco." Il mio sorriso più rassicurante non era riuscito a fargli distendere le labbra tirate, ma annuì comunque. Spostai lo sguardo sull'altro portiere. "Stan, naturalmente anche tu sei il benvenuto."

"Oh no, domani non esco. Sto a casa con famiglia. È grande sera! Nuovo episodio di *Doctor Marcus Welby M.D.* Mamma adora."

Non ebbi il cuore di rivelargli che la serie che sua madre adorava era tutt'altro che nuova. Anzi, era probabile che fosse più vecchia di me.

"Okay, allora saremo solo Bryan e io." Tornai a concentrare l'attenzione sul giovane che era ancora fermo sulla soglia. Aveva paura degli aghi? Non che ce ne fossero in giro, il mio studio era immacolato, me ne assicuravo di persona. Tutte le leggi e i regolamenti venivano seguiti alla lettera.

"Va bene, solo noi." Appena Stan si alzò, il ragazzo uscì dalla stanza.

"Tutto a posto, quindi." Stan mi porse la grande mano e io la strinsi con vigore. Feci un cenno a Bryan e lui mi guardò per un lungo momento da sotto le lunghe ciglia prima di ricambiare. Dopo di che scomparve dalla mia vista. "Tu fai casco brillante come ventiquattro carote per mio nuovo compagno di squadra?"

Come ventiquattro carote?! "Vuoi dire come oro a ventiquattro carati?"

"Sì, brillante come carote d'oro."

"Farò del mio meglio." Sorrisi poi alzai la mano per salutare. Rimasi lì per qualche secondo a riflettere sul nuovo acquisto dei Railers e sulle storie non dette nascoste sotto quelle magnifiche ciglia.

"Ehi, il tuo prossimo appuntamento è arrivato."

La voce di Jess mi colse di sorpresa e mi fece sussultare. "Va bene. Ricordami di cosa si tratta."

"È la ragazza che vuole una chiave old school sul polso."

"Perfetto, ancora chiavi," commentai sarcastico.

"Chi è che chiava ancora?" urlò Woody dalla sua piccola stanza accanto alla mia.

"Non è ancora ora di andare a casa?" chiesi a mia nipote. Non poteva mancare molto.

"No. Ti toccano altre quattro ore con noi, fortunello!" rispose lei raggiante e andò a chiamare la cliente. Si stava divertendo fin troppo.

Peccato non poter chiudere lì e andare a farmi una birra e un hamburger con Bryan Delaney. I ragazzi giovani di solito non mi attraevano, ma c'era qualcosa in lui che mi faceva venire voglia di conoscerlo meglio, di toccarlo, fargli rilassare quelle rughe da stress che aveva intorno agli occhi e passargli un dito sul labbro inferiore mentre lui…

"Sono così nervosa! Oh mio Dio!" La voce della ragazza mi strappò dai miei pensieri. "È il mio primo tatuaggio. Farà male? Sarà fighissimo! È un'idea che mi piace tantissimo! L'ho vista su Pinterest e l'ho detto a Gail. Vuole vedere come viene e decidere se fare quello che si abbina. Le ho detto che rappresenta la nostra amicizia. La chiave che apre il suo cuore. Cavolo, hai un sacco di tatuaggi. Cosa significano? Sono davvero fighi! Mio fratello ha il filo spinato sul bicipite, gli ho detto che è davvero fuori moda adesso. Pensi che la chiave possa avere la testa a forma di cuore?"

Mio Dio, perché non era già mezzanotte?

TRE

Bryan

Ci concentrammo a provare i movimenti per un'ora. Stan si sforzava quanto me per trovare l'equilibrio perfetto. Parlava molto durante gli allenamenti. Non smetteva mai. Non si rivolgeva a me, bensì al ghiaccio e ai dischi.

A un certo punto mi sembrò che ne avesse chiamato uno Doug, ma non gliene avrei certo chiesta conferma, i portieri sono strani, si sa.

Credo che fossi strano anch'io, sebbene ciò che mi classificava come diverso non fosse così evidente come nel caso di Stan. Non parlavo con i pali, la traversa o i dischi, né facevo il verso della gallina ogni volta che paravo un tiro. Durante la partita tenevo ovviamente gli occhi aperti, ma non mi affidavo solo alla vista, ed era quella la mia stranezza. Ascoltavo, al di là del rumore della folla, della musica, dei dischi che si schiantavano sulla barriera di vetro dietro la porta. E sentivo le cose più strane.

Nessuno mi aveva mai parlato di nulla del genere, quindi presumevo di essere l'unico. Il ghiaccio suonava in modo differente a seconda di centinaia di fattori diversi. Ogni volta che entravo in porta, mi chinavo a toccarlo – solo con la punta delle dita – e a chiunque stesse guardando sembrava che stessi facendo stretching, ma era molto di più. Era una connessione, un accordo tra di noi per cui la superficie fredda mi avrebbe fornito informazioni per tutto il tempo in cui sarei rimasto lì. Ignorai il suono di un colpo su un disco quando il sibilo delle lame sul ghiaccio mi disse che potevo rilassarmi: era Ten che veniva verso di me. Non avevo neppure bisogno di provare a guardare oltre Arvid 'Arvy' Ulfsson, il difensore di un metro e novanta che mi bloccava la visuale, mentre lavoravamo sulla visione di gioco. L'idea era che Arvy sarebbe stato uno schermo efficace e io non avrei visto Ten abbastanza da coprire la sua linea di tiro.

Io, però, lo sentivo. Non sapevo come funzionasse, non riuscivo a spiegarlo, ma lo *sentivo*. Ten era un ottimo pattinatore e aveva quel modo tranquillo di utilizzare lo spazio intorno a sé. Non era tutto apparenza, era concentrato e determinato. Avevo guardato molti video su di lui nelle ultime settimane, da quando avevo saputo che sarei entrato a far parte dei Railers.

La sua caratteristica principale era l'imprevedibilità. Non era il giocatore che tira sempre da destra. Era quello che danzava e oscillava, poi si girava di centottanta gradi e proseguiva all'indietro. Lo avevo visto colpire al volo, tenere a bada due difensori, usare il piede per bloccare un disco che rimbalzava e poi tirare sul lato del guanto di un portiere che sapeva il fatto suo, trovando comunque un piccolo varco per infilarlo in rete.

Cambiava continuamente, quindi non c'era un modo sicuro di opporsi ai suoi tiri.

Dovevo essere paziente e aspettare fino all'ultimo momento, ascoltare il fruscio dei pattini e tener conto del modo in cui si muoveva Arvy. Solo così avrei potuto fare un'ipotesi sensata sulla posizione di Ten.

Arvy era bravo, tuttavia, e non mosse un muscolo.

Per me era tutta una questione di riflessi, non solo di lasciarsi cadere e parare. Se mi fossi buttato in ginocchio, con la pinza sul ghiaccio e il bastone a coprire il varco tra le gambe, ero sicuro che avrei fatto passare il tiro.

Dovevo avere pazienza e aspettare Ten.

Quando alla fine fece la sua mossa, ero pronto e fermai il disco con il guanto, poi lo curvai e lo picchiai sul ghiaccio evitando così il rischio di un goal di rimbalzo. Proruppi in un urlo di gioia.

Saranno anche stati esercizi di condizionamento, ma avevo parato un cazzo di tiro di Tennant Rowe.

Merda. Avevo fermato Ten.

Il palazzetto piombò nel silenzio, o era una mia impressione? Mi stavano davvero fissando tutti? Era un modo per dirmi di non scherzare con la loro stella? Guardai verso Arvy e vidi Ten che gli girava intorno per raggiungermi.

Cazzo.

Sorrideva. Mi diede un colpetto con il bastone sull'imbottitura – un vecchio segno di apprezzamento – e scoppiò a ridere. "Bella presa," disse, poi si allontanò pattinando in direzione degli altri giocatori.

Arvy si girò e mi strizzò l'occhio. "Continua così."

Nessuno era incazzato perché avevo parato il tiro di Ten, o almeno non volevano farlo vedere sul ghiaccio, e per il momento lasciai che l'euforia mi invadesse prima di prepararmi al tiro seguente, quello del capitano.

Pochi ruoli sul ghiaccio possono essere paragonati al portiere. Gli estremi difensori possono essere acclamati come eroi o diventare capri espiatori, a seconda del risultato delle partite. In quel momento io mi sentivo un eroe.

Quanto era stupido?

Connor segnò, così come fecero un paio degli altri, incluso Ten al suo secondo tiro, poi al terzo e al quarto, ma stavo andando bene e per tutto l'allenamento, ogni volta che ci davamo il cambio in porta, Stan non fece altro che sorridermi.

Sapevo che non sarebbe durata, ma sapevo anche che non avrei rinunciato a un istante di quella sensazione.

Mi serviva un appartamento. La squadra mi aveva piazzato in un hotel in attesa che trovassi qualcosa, ma anche mentre ero lì, seduto a fare una lista di ciò che volevo per l'agente immobiliare, esitavo a chiedere qualcosa di speciale. Avevo solo bisogno di una camera da letto, una piccola cucina e un grande soggiorno in cui poter fare i miei esercizi di stretching.

E una televisione. Quella ci voleva. Non avevo ritirato il mio impianto stereo dal deposito da quando avevo lasciato la casa dove stavo a pensione. Era ancora lì. L'amplificatore Yamaha, il lettore CD, le casse Mission e il giradischi Rega erano stati imballati con cura e messi via, anche se la coppia che mi aveva ospitato mi aveva detto che avrebbero potuto restare nella mia vecchia stanza. Non avevano capito che volevo che quello spazio fosse disponibile per ospitare un altro giovane giocatore di hockey che avrebbe avuto bisogno di loro tanto quanto ne avevo avuto io.

Quando glielo avevo detto, Daisy Jacobs aveva pianto.

Daisy e George Jacobs di Erie, Pennsylvania, *erano* i miei genitori. Non di sangue. Emma e Tom, i loro figli, non erano davvero i miei fratelli, ma quelle quattro persone sarebbero sempre state la mia famiglia. Mi avevano salvato.

Mi rendo conto che possa sembrare drammatico quando lo dico, ma è vero. Mi avevano offerto una casa piena di amore e allegria al posto del rigido controllo religioso della mia famiglia d'origine e del padre a cui piaceva usarmi come punching ball. L'hockey era stato la mia via d'uscita da quella vita e, grazie a esso, ero finito nel miglior posto possibile. Avevo bisogno di sentire la voce di Daisy.

Feci scorrere l'elenco contatti e la chiamai. Rispose al primo squillo. Me la immaginai, seduta nel suo ufficio con la vista sul cortile di casa e Beck, l'enorme

Terranova, che dormiva spaparanzato ai suoi piedi. Riuscivo a figurarmi la scena con una facilità che era quasi dolorosa.

"Voglio sapere tutto," esordì Daisy. "Ten di persona è sexy come in TV?"

"Non te lo dirò," risposi altrettanto scherzosamente e me la immaginai che faceva il broncio. Adorava i portieri svedesi che giocavano a New York e, a quanto pareva, Tennant Rowe.

"Come stai, tesoro? Come sono andati i primi giorni? Tom mi ha detto che ti ha mandato un messaggio ieri sera, ma non era sicuro se lo avessi ricevuto."

Mi sentii in colpa. Daisy aveva quel suo modo di dirmi 'avresti dovuto rispondere a tuo fratello' senza pronunciarne davvero le parole.

"Non l'ho visto, mi dispiace. Ci stanno massacrando." Non era proprio una bugia: *avevo* visto il messaggio di Tom, ma il lavoro di condizionamento a cui ci stavano sottoponendo i Railers era durissimo e io ero esausto. Ciò, tuttavia, non mi aveva impedito di rispondere ai due messaggi di Aarni.

I ragazzi sono una cosa diversa.

"Devo imparare come girano le cose qua," aggiunsi.

"Capirà. Volevo solo farti sapere che siamo tutti molto felici quando abbiamo tue notizie."

L'istinto le diceva che avevo bisogno di quella rassicurazione perché era quel tipo di madre. Quando avevo quindici anni ed ero partito per andare a giocare nella Ontario Hockey League, a centinaia di chilometri da casa, avevo bisogno di una famiglia che mi ospitasse a

Erie, in Pennsylvania, e si prendesse cura di me. Ero finito con George e Daisy, due persone di cui, dopo un po', avevo imparato a fidarmi abbastanza da raccontare loro della mia madre naturale e di quello schifo di padre. Sì, sapevano tutto della mia vecchia vita in famiglia. Se famiglia era la parola giusta. O vita.

"Devo trovarmi un appartamento a Harrisburg." Avevo cambiato discorso di proposito prima che lei iniziasse a dirmi quanto le mancassi. Avevo lasciato casa loro già da qualche anno e cercavo di vederli quanto più mi era possibile, ma quel giorno non ce l'avrei fatta a sentirle dire quanto mi amavano, così come non sarei riuscito a dirle quanto sentissi la loro mancanza.

"I Railers non hanno nessuno che ti possa aiutare?" mi chiese Daisy.

"Sì, ma devo fornire un elenco di quello che voglio."

"Un posto per dormire, mangiare e fare i tuoi esercizi, mi sbaglio?"

Quella era un terreno più facile. Decisi che avrei scritto a Tom non appena avessi finito la telefonata.

"Più o meno," convenni, poi rimasi silenzioso.

"Tesoro, va tutto bene?"

Avrei potuto mentire. Avrei potuto dirle che era tutto a posto, ma non lo era. Come avrei potuto farcela senza avere vicino Aarni? Chi avrebbe mediato tra me e il resto del mondo? Come me la sarei cavata il giorno in cui i Railers avessero realizzato che ero un bersaglio facile?

"No," dissi. Non potevo mentire sulle cose importanti, non quando era stata Daisy a portarmi a ogni singolo appuntamento con il counselor durante il mio primo periodo a Erie. Mi aveva tenuto la mano quando glielo avevo permesso, mi aveva abbracciato quando ero disperato e non mi aveva mai fatto pesare nulla. Daisy Jacobs era stata al mio fianco per tutto il viaggio fino alla selezione nella NHL e poi fino a quel terribile momento in cui avevo dovuto lasciarli e diventare adulto.

Grazie a Dio avevo trovato Aarni per prendersi cura di me.

"Vuoi parlarne?" mi chiese con la sua voce più dolce.

Non capitava spesso che avessi voglia di aprirmi. Cosa avrei detto? Non si trattava del primo giorno in una nuova scuola, era un contratto da professionista con una squadra che aveva vinto la Stanley Cup. Era la cazzo di vita vera e io non ero un bambino che aveva bisogno che la cosa più vicina a una madre che avesse lo abbracciasse e lo consolasse.

"Non lo so," fu la migliore risposta che trovai.

"Oh, caro, hai ricevuto un'altra lettera?"

Il solo pensare alle missive che avevo ricevuto dalla mia madre naturale – in cui mi metteva in guardia sull'inferno, Dio e sa il cazzo cos'altro le venisse in mente – mi provocava un dolore al petto. Non avrebbe mollato.

Non poteva lasciarmi andare.

A sentir lei, sarei bruciato all'inferno per la mia devianza ed era suo dovere salvarmi l'anima. Arrivavano con la regolarità di un orologio, pagine e pagine su come il mio padre naturale se la stesse cavando bene al lavoro, su come il prete avesse chiesto di me e si preoccupasse per la mia anima destinata alle fiamme infernali. E su come Darren si fosse sottoposto alla terapia di conversione e si fosse poi accasato con Gina, la figlia del proprietario della concessionaria d'auto locale.

Chiusi gli occhi mentre il dolore mi invadeva e riaffiorava il pensiero di Darren e di quello che aveva passato. Mi aveva telefonato una volta, molto tempo dopo che me n'ero andato da quella casa con il peso insopportabile della crudeltà della chiesa di mia madre. Mi aveva lasciato un messaggio in cui mi intimava di non richiamarlo, mi diceva addio e aggiungeva che aveva trovato il modo di essere 'normale' e che sperava che lo avessi fatto anch'io.

Avevo provato a richiamarlo, ma non mi aveva mai risposto e un paio di giorni dopo il numero non risultava più attivo.

"Bryan? Hai ricevuto un'altra lettera?" domandò di nuovo Daisy, questa volta con una nota urgente e ansiosa nella voce. Sapeva come mi ero sentito quando le prime avevano iniziato ad arrivare, aveva visto come mi distruggevano ogni singola volta.

"No. Nessuna lettera." Pensai in fretta. "Sono solo nervoso per la nuova squadra."

Emise un piccolo sospiro di sollievo. "Ricordati: loro sono nervosi per te come tu lo sei per loro."

Lo diceva sempre per ogni dramma che mi capitava. Mi fece sentire un po' meglio e mi riportò alla mente momenti a base di cioccolate bollenti, biscotti caldi appena sfornati e il suono della sua voce gentile.

Aarni non aveva una grande opinione del mio rapporto con la famiglia Jacobs. Diceva che era strano quanto fossi legato a delle persone che non erano neppure mie parenti. Non mi aveva, tuttavia, mai fornito un motivo convincente per il quale avrei dovuto smettere di considerarli i miei veri genitori. Così li tenevo per me. Era il modo più semplice.

Di sicuro non avevo mai detto a nessuno che mi avevano salvato.

Alla gente dicevo che amavo i Jacobs tanto quanto la mia famiglia, ma mentivo. Li amavo molto di più, li amavo totalmente, e il giorno in cui avevo lasciato casa loro avevo pianto. Tutti pensano che io sia questo portiere grande e forte, ma quando fui comprato dai Raptors, singhiozzai tra le braccia di Daisy e supplicai tutti loro di trasferirsi in Arizona con me.

Non lo fecero, naturalmente, ma erano sempre disponibili e quando lavoravo duro con la seconda squadra dei Raptors, vennero a vedermi giocare ogni volta che fu loro possibile. Giocavo a *Fortnite* con Tom tutte le volte che potevo, persino quando fui chiamato alle selezioni nella mia prima squadra professionista in Arizona e lui frequentava l'università a Seattle e imparava qualcosa di molto importante sulla giustizia penale. In quel periodo Emma mi messaggiava almeno cinque volte al giorno, cercando di sistemarmi con qualcuno dei suoi amici che erano tutti 'super carini' e 'adoravano' l'hockey. Di recente si era fatta il ragazzo e sapevo come andavano quelle cose, quindi capivo perché non ci sentivamo più molto. I suoi messaggi, però, mi mancavano.

Lanciai un'occhiata all'orologio, sapevo di dover andare all'appuntamento con il tatuatore. Scacciai l'ansia e mi concentrai su quello che mi stava dicendo Daisy a proposito di Tom, Emma, George e Beck.

"Siamo così contenti che tu sia tornato in Pennsylvania. Siamo solo a quattro ore da lì, quindi aspettati un sacco di visite. Ti vedremo prima dell'inizio della stagione?"

"Presto," dissi. Poi, dopo un commuovente scambio di *ti voglio bene* e *mi manchi* e la promessa di spedirmi un regalo, terminammo la telefonata circa trenta minuti prima del mio appuntamento.

Daisy non era proprio il tipo di mamma che passava il tempo a infornare dolciumi, ma mi spediva regolarmente altre cose, tipo dei buoni acquisto per il cibo, e lunghe lettere in cui mi raccontava ogni novità che le veniva in mente. Il mese precedente, mi aveva inviato dei biscotti comprati in negozio che aveva messo in una scatola di latta appartenuta a *sua* madre. Non l'avevo aperta perché l'aria che conteneva arrivava dall'unico posto che chiamavo casa e non volevo che si perdesse.

Quello era il mio stato d'animo. Certi giorni ero consumato dalla disperazione perché la mia *famiglia* era troppo lontana.

Mi ero fatto la doccia al palazzetto, così mi infilai dei jeans puliti, una maglietta fresca di bucato e una delle tante felpe che i Railers mi avevano dato. Avevo accettato il numero trentuno, le cui cifre mi campeggiavano sulla schiena e una parte di me, stranamente, non rimpiangeva il numero trenta che avevo quando giocavo in Arizona. Quello era un nuovo inizio.

Aarni mi inviò una foto della sua cena, bistecca e patatine fritte e una bottiglia di vino semivuota. Seguì un selfie di lui che abbracciava una donna bionda che reggeva un calice di vino e aveva un rossetto rosso fuoco.

La odiavo. E odiavo lui perché mi aveva mandato quella foto.

No, non è vero. Lo amo.

Anche se lui non ricambia.

Avevo dimenticato dove avremmo dovuto vederci e la cosa mi rendeva nervoso. Dovevo andare direttamente allo studio o incontrare il tatuatore al bar? Sapevo come si chiamava, era sul biglietto dell'appuntamento — ed era un nome che non avevo mai sentito: Gatlin — ma ero comunque in ansia. Fin dal giorno prima avevo notato che c'era qualcosa in quell'uomo che mi metteva in agitazione. Forse erano i suoi tatuaggi. Avevo visto squali, tartarughe e altri soggetti polinesiani che gli scendevano lungo il braccio fino alla mano sinistra. I lavori sul braccio destro erano più colorati. Fissarlo, tuttavia, mi era sembrato maleducato, così mi ero limitato a gettare qualche rapida occhiata. O forse era il suo atteggiamento tranquillo e sicuro e come parlava con Stan intanto che, di quando in quando, rivolgeva gli occhi azzurri nella mia direzione. O era il modo in cui mi aveva sorriso e aveva aspettato che gli parlassi. Mi aveva chiesto quali nomi volessi sul casco, e quali immagini, e anche quello mi aveva turbato. O magari ero solo nervoso perché non ricordavo dove avevamo appuntamento e in quel momento ero fermo come un idiota sul marciapiedi fuori dal negozio.

Decisi che lo studio era l'opzione migliore, ma prima che potessi muovermi, fu lui ad aprire la porta dall'interno, a sorridermi e porgermi la mano.

"Ehi, Bryan."

Gliela strinsi, poi lui, destreggiandosi con un bloc-notes e un astuccio, chiuse la porta dietro di sé.

"Spero che tu sia affamato. Fanno degli hamburger stratosferici qui."

Arrivammo al bar – non distava più di venti metri, e devo riconoscere che se dall'esterno non sembrava il miglior posto per mangiare, appena varcata la soglia, mi sentii a casa. Probabile che fosse dovuto alle note dei Queen che aleggiavano nell'aria e perché la cameriera accolse Gatlin con un sorriso come se averlo visto le avesse svoltato la giornata. Lui l'abbracciò brevemente e poi la seguimmo fino a un tavolo d'angolo, vicino a un vecchio jukebox. Non mi sedetti subito e mi presi un momento per guardare la selezione di brani. Si andava dai Queen ai Beatles, passando per i Dire Straits e i Black Sabbath. Non c'erano brutte canzoni per quello che potevo vedere.

Nonostante tutta la merda con cui ero cresciuto fino a quindici anni, avevo avuto accesso a una collezione di dischi in vinile e a un vecchio giradischi HMV. La musica era stata la mia via di fuga.

Evidentemente qualcuno aveva già selezionato una serie di canzoni nel jukebox visto che dai Queen passò direttamente ai Black Sabbath. Seguii il ritmo del nuovo brano dondolando la testa per qualche secondo, prima di accomodarmi nella sedia di fronte a Gatlin.

"Ti piacciono i Sabbath?" mi chiese lui con voce sorpresa. Mi misi subito sulla difensiva e mi fermai solo quando mi accorsi che stato per scusarmi. "Quanti anni hai?'

Alzai il mento. "Quasi ventitré, ma ho tutti gli album dei Sabbath in vinile."

Gatlin si spostò in avanti sulla sedia. "Anche quelli dal vivo tipo *Live Evil*?"

"Esatto."

Tornò ad appoggiarsi allo schienale ed emise un fischio di ammirazione. "Grande. Un giorno devo venire ad ascoltarli."

Deglutii. "Il mio giradischi e la console sono rimasti a Erie. Insieme a tutti i dischi."

In qualche modo ero riuscito a impedire che la conversazione prendesse una piega pericolosa. Dovevo stare attento, Aarni diceva che mi fidavo troppo, inoltre non conoscevo Gatlin per niente.

"È di lì che sei?" Fummo interrotti dalla cameriera che ci riempì d'acqua i bicchieri e ci indicò una lavagna con il menù. Sembravano esserci solo quattro opzioni. "Per me il solito," disse Gatlin, poi mi fissò in attesa.

"Pollo," ordinai e la ragazza si allontanò.

Gatlin aprì il blocco e con pochi abili gesti creò la forma di un casco. "Allora, qualcosa per i Railers?" Aveva già imboccato quella strada e stava disegnando il vapore e il ferro, poi tirò fuori una matita blu e inizio a fare le ombre. Tutto quello che riuscivo a vedere era la sua testa china. Aveva i capelli corti e castano chiari, lo stesso colore della barba in cui c'era, però, anche una generosa quantità d'argento. Era difficile dargli un'età, sebbene il grigio implicasse che era più vecchio di me di più di qualche anno. La sua pelle sembrava morbida, le sopracciglia erano aggrottate per la concentrazione e sapevo che quando avrebbe alzato lo sguardo avrei fissato un paio d'occhi intensamente azzurri e gentili. Era il completo opposto di Aarni. Più magro, con più tatuaggi come era ovvio, e del grigio nei capelli.

Anche Aarni ha lo sguardo gentile.

No. Nei suoi occhi ci sono fuoco e passione, non gentilezza.

Scossi la testa per liberarla dai paragoni tra i due. Io stavo con Aarni ed ero fedele fino all'eccesso, nonostante l'immagine della bionda tra le sue braccia di poco prima. Lui era il tipo di persona che aveva bisogno di essere amato da altri uomini e altre donne. Io avevo bisogno solo di un uomo. Era così che funzionava la nostra relazione.

"Famiglia? Genitori, fratelli?"

Mi accorsi che Gatlin mi stava di nuovo fissando. "No," risposi immediatamente prima di pensare a come sarebbe suonato. "Aspetta, ne ho, ma non voglio che siano sul…" Finii la frase con un gesto della mano. Mi guardò con un'espressione perplessa, ma solo per un momento, poi tornò a sorridere.

"La tua città?"

Pensai al posto in cui ero nato, in Canada, in mezzo al niente, con la donna che avevo chiamato mamma.

"No, non la voglio."

Annuì come se capisse, poi picchiettò con il dito sul bloc-notes. "Il progetto dipende solo da te. È il tuo casco, il tuo disegno, ciò che ami e ciò che odi, le cose che per te sono speciali. Quello che ti motiva, la tua essenza. Voglio guardarti dentro e capire ciò che sei davvero."

Sbattei le palpebre. Si stava spingendo davvero troppo a fondo e mi sentii prendere dalla nausea.

"No," dissi.

Poi me ne andai.

QUATTRO

Gatlin

Ma che *cazzo*!?

La cameriera arrivò con le nostre ordinazioni. Rimase lì con i due piatti in mano e un'espressione, immaginai, molto simile alla mia.

Le lanciai un'occhiata, sorrisi nonostante la rabbia che provavo e mi alzai in piedi.

"Tina, puoi riportare tutto in cucina e tenerlo in caldo?"

Lei fece cenno di sì con la testa e io uscii alla ricerca del giocatore di hockey che non conosceva le buone maniere. Lo trovai che si dirigeva verso ovest e feci una corsetta per raggiungerlo.

"Ehi, carino!" gridai.

Non si fermò, proseguì a testa bassa, come se si aspettasse che un pianoforte gli precipitasse addosso. Accelerai il passo e lo raggiunsi di fronte a un negozio di materassi che aveva chiuso da poco. "Ehi!"

Lo afferrai per un braccio e lui si voltò con gli occhi sbarrati, alzando l'altro braccio come per difendersi.

Lasciai che il tessuto della sua manica mi scivolasse tra le dita.

Mi guardò sbattendo le palpebre come se non si spiegasse la ragione del mio sguardo torvo.

"Devo andare," disse, cercando poi di bypassarmi alla ricerca di un percorso diretto verso... boh, la sua auto probabilmente. Mi frapposi tra lui e la sua via di fuga. Certo, pesava almeno venti chili in più di me e oltre a essere più alto era anche più giovane e un atleta, quindi avrebbe potuto scansarmi senza problemi, se avesse voluto. Qualcosa, tuttavia, mi diceva che non era una persona incline alla violenza. L'aveva subita, però, se quella reazione istintiva al mio tocco sul braccio era un indizio.

"Te ne potrai andare dopo che avrò detto la mia," dichiarai incrociando le braccia sulla mia maglietta di Emerson, Lake & Palmer preferita. Grazie a Dio era una serata calda, visto che avevo lasciato la giacca al ristorante. Si chiuse in sé come una bella di giorno che serra i petali al crepuscolo. "È stata la cosa meno professionale che abbia mai visto. Ti rendi conto che ho sottratto un'ora al mio lavoro per sedermi e chiacchierare con te?"

"Sì, mi dispiace."

Lo fissai, sorpreso da come suonavano automatiche le sue parole.

"Beh, è il minimo. Avrei potuto essere a guadagnare."

"Ti pagherò per il tempo che hai perso." Allungò una mano per prendere il portafogli.

"No, non è quello che mi interessa. Non puoi

andartene così da una riunione di lavoro. È da dilettanti ed è ben al di sotto di quelli che considero essere gli standard dei giocatori e di tutta l'organizzazione dei Railers."

Un'auto di passaggio si lasciò dietro la scia di un vecchio brano dei Blink 182. Bryan spostò il peso da un piede all'altro. Io rimasi in attesa. Alla fine, sollevò per un momento lo sguardo dai miei scarponi al mio viso.

"Mi dispiace se il mio comportamento ha danneggiato in qualche modo l'immagine dei Railers." Aveva un'espressione contrita. Avevo visto cani bastonati che non avevano un aspetto così pietoso. Merda, iniziavo a sentirmi uno stronzo. "Però voglio davvero andarmene. Posso?"

La mia mente faticava a tenere il passo con la tempesta emotiva di quel ragazzo.

"Certo, sì, se vuoi andare vai." Cos'altro avrei potuto dirgli? Non potevo certo trascinarlo indietro al Binky's Pub e obbligarlo a parlare del progetto per il casco. "Sai dove trovarmi se dovessi decidere di riprovarci."

Lui annuì, spostando lo sguardo sulle vetrine vuote dietro di me. Lo guardai andarsene, aveva le spalle alzate fino alle orecchie come se facesse molto freddo, ma la notte era tutt'altro che fresca. Credo di essere rimasto a lungo fermo davanti al Bargain Barney's Bedding a cercare di capire cosa fosse appena successo. In qualche modo la mia legittima indignazione era svanita di fronte a… da cos'era stato colto Bryan di preciso? Paura? Ansia? Una reazione condizionata?

Tornai al pub, continuando a pensare alla scena di

poco prima. La cameriera aveva premurosamente messo il nostro cibo in contenitori d'asporto, così pagai, le lasciai la mancia, mi scusai e mi avviai verso il negozio. Avevo un appuntamento alle nove, ma mancavano ancora trenta minuti. Entrai, mi avvicinai alla reception e mollai la borsa con il cibo di fronte a Jess. Lei alzò un sopracciglio munito di piercing.

"Il mio commensale è fuggito," spiegai mentre aprivo il grande sacchetto marrone.

"Ti sei messo ancora a parlare della tua ossessione per Joe Perry?"

"No." Sbuffai, tirai fuori il pollo e lo passai a mia nipote. Stava ascoltando i Judas Priest e l'incredibile voce di Rob addolcì un po' il mio umore. "Non sono ossessionato da Joe Perry. Sono ossessionato da Eddie Van Halen."

"Eddie è invecchiato bene." Jess sospirò e levò il coperchio a un piccolo contenitore di insalata di cavolo.

"Puoi dirlo forte. Comunque, no, non ho cominciato a parlare di lui. Ho semplicemente chiesto al ragazzo cosa volesse sul suo casco. Abbiamo parlato per un momento della sua famiglia, dopo di che è scappato."

Andai verso la parete opposta e mi lasciai cadere sul divano facendo ondeggiare gli schizzi di tatuaggi su carta lucida che insieme ai poster decoravano il muro viola. Jess aveva supervisionato la tinteggiatura delle pareti l'anno prima. Io le avrei lasciate nere come erano state per anni, ma lei voleva un po' di colore nello studio. Ne avevamo discusso per tre mesi e alla fine mi ero arreso e l'avevo lasciata fare a modo suo. Motivo per cui ero diventato il proprietario di un negozio di tatuaggi color prugna con aree che andavano dal giallo senape a un merdoso arancione e un bagno rosa. Rosa. In uno studio di tatuaggi.

"Ti ha mollato con il conto?" Tagliò il pollo con il coltello di plastica che produsse una specie di gemito quando affondò nel polistirolo.

"Beh, sì." Sollevai l'hamburger e ne presi un morso mentre il mio sguardo si soffermava sull'angolo con la PS4 e la TV. La console dava alla gente qualcosa da fare mentre aspettava.

"Che stupido taccagno," borbottò lei con la bocca piena di cibo. "Questo pollo è delizioso."

"Non è la questione del conto che mi ha fatto incazzare. Merda, avrei pagato io in ogni caso perché era un potenziale cliente e il prezzo del lavoro avrebbe coperto anche la sua cena da dodici dollari. È… Beh, all'inizio è stato per come se ne è andato, poi…"

Mi appoggiai allo schienale, incrociai le gambe e presi un altro morso di hamburger. Era sugoso e perfettamente al sangue. Masticai, ingoiai e mi persi nei miei pensieri. Non avevo visto una reazione così da molto, molto tempo. Mi riportò alla mente quando ero di stanza a Pearl Harbor-Hickam durante i miei quattro anni in marina, appena arruolato dopo le scuole superiori. Cercando di non pensare ad Akamu e a quel primo, selvaggio amore che era finito così male, mi costrinsi a concentrarmi su sua sorella. La dolce, piccola Haunani che aveva un marito a cui piaceva farle del male, fisico e mentale. Gli occhi scuri della ragazza avevano la stessa mancanza di vita di quelli di Bryan.

"Beh, direi che sembra uno stronzo, anche se è sexy

come il peccato," affermò Jess prima di ficcarsi in bocca dell'altro pollo.

Lasciai cadere il discorso perché Jess non aveva visto l'espressione del ragazzo quando avevo iniziato a rimproverarlo. Era scappato per la paura. Aveva alzato il braccio per lo spavento. Terrore di essere colpito o sgridato. Ci avrei scommesso i guadagni del mese seguente. Ma di cosa, o di chi, poteva avere paura un ragazzone robusto come Bryan Delaney?

Passò un po' di tempo senza che avessi alcun contatto con il mondo dell'hockey. Ero seppellito dal lavoro, che era una gran cosa: non mi sentirete mai lamentarmi perché sono troppo impegnato. Va bene, lo ammetto, capita che mi lamenti, ma so che non dovrei farlo. Una sera avevo chiesto a Woody di sostituirmi, così da poter uscire prima e andare alla prima partita di precampionato dei Railers. Avevo l'abbonamento, quindi perché non sfruttarlo? Inoltre avrei avuto l'occasione di controllare il nuovo portiere visto che in quegli incontri le squadre cambiavano i giocatori a metà partita. All'avvicinarsi dell'inizio del campionato ufficiale, allora Stan avrebbe giocato da solo l'ultimo paio di partite, ma fino a quel momento ogni portiere sarebbe stato in campo per metà del tempo. Ero curioso di osservare Bryan. Mi era rimasto in testa dalla sera della cena mancata. Volevo rivederlo. In porta. Non ero lì per mangiarmelo con gli occhi e sbavargli addosso, anche se quel giovanotto valeva sicuramente un po' di saliva. Il mio era un interesse assolutamente da sportivo. Almeno questo era quello che continuavo a ripetermi.

"Vorrei che considerassi con più attenzione la possibilità di investire in certificati di deposito," continuò Garrett. Era la sua visita mensile in cui cercava di farmi acquistare questo o quel prodotto bancario, ma riusciva solo a rendermi nervoso all'idea di perdere il fischio d'inizio.

"D'accordo, ci penserò," dissi infilandomi la mia maglia di Tennant Rowe.

"Quando?"

Feci passare la testa per il colletto, poi lanciai un'occhiataccia a mio fratello che fece finta di non notarla.

"Quando avrò tempo." La ricerca degli occhiali cominciò. Li trovai sulla libreria, senza alcun aiuto da parte di Garrett.

"Cioè quando?"

Cazzo, possibile che dovesse darmi il tormento in quel modo? Avevo forse l'aspetto di uno che aveva voglia di parlare di tassi d'interesse, pensioni o portfolio? No, in quel momento ero concentrato solo sulla partita.

"Appena mi permetterai di farti il tuo primo tatuaggio," contrattaccai. Mi infilai in tasca telefono e occhiali, controllai di avere il portafoglio e il biglietto, poi tornai a fissare mio fratello. Era invecchiato bene, non si sarebbe detto che aveva dieci anni più di me.

"I banchieri non si tatuano." Chiuse di scatto la ventiquattrore.

"Fattene uno dove solo Marissa possa vederlo," lo provocai sapendo che sua moglie avrebbe chiesto il divorzio se avesse fatto una cosa simile. Erano una bella coppia, virtuosa e benestante che era stata maledetta dall'arrivo di una figlia sessualmente fluida e un cognato che succhiava uccelli, tatuava la gente e ascoltava – O MIO DIO! – heavy metal. Tutto ciò spiegava come mai non avevo visto mia cognata negli ultimi tre anni. La vista del sottoscritto le avrebbe fatto scoppiare una terribile emicrania o qualche altra cazzata simile. La stronza era abile a dimostrare il suo disgusto, dovevo dargliene atto.

"Sì, certo, me lo segno in agenda. Tatuarsi un pesciolino sulle palle, martedì all'una." Garrett tirò su con il naso.

Ridacchiai. Mio fratello era uno spasso e il suo sarcasmo diventava addirittura brillante in mia presenza. Eravamo sempre stati così, anche da bambini. Solo Gina, la nostra sorellina, riusciva a smussare gli angoli delle nostre battaglie. "Sentiti libero di sperperare il tuo denaro allora." Si infilò il cappotto, piuttosto bello, lungo e di lana, e mi dedicò la sua collaudata espressione di disprezzo.

"E a questo proposito, ho una partita di hockey che mi attende. Posso accompagnarti alla porta?" domandai indicando l'uscita con un gesto elegante.

"Conosco la strada, ma voglio passare a dare a nostra figlia un messaggio di Marissa."

Non faceva mai commenti pungenti sullo sprecare i soldi in cose stupide come i biglietti per l'hockey, i concerti o il porno gay. Una vera delusione: avevo in serbo una battuta irriverente per contrastare le sue frecciate sull'argomento.

"Va bene, è stato bello vederti. Porta i miei saluti a tua moglie," dissi girandogli intorno diretto verso la reception. "Ha un messaggio," bisbigliai a Jess. Lei alzò gli occhi al cielo e io me ne andai prima di essere coinvolto in un problema di famiglia. C'era una partita che mi aspettava.

Saltai sul bus e mi ci vollero solo una decina di minuti a raggiungere il palazzetto. Prendere l'auto per un percorso così breve sarebbe stato stupido e la mia macchina, comunque, era dal gommista. Di solito l'affluenza alle partite di precampionato era abbastanza bassa, quindi mi ritrovai seduto praticamente da solo, cinque file sopra la panchina di casa. Mi accomodai, birra in una mano e hot dog con molta senape nell'altra, pronto a una partita che non aveva molto da dire tra i Railers e i Devils. Bevvi, mangiai e mi rilassai. C'erano un po' di nomi della Carlisle Rush che indossavano la casacca blu scuro quella sera. Forse qualche giovane sconosciuto sarebbe finito nella formazione ufficiale a ottobre. Oppure li avrebbero rispediti tutti nella serie inferiore.

Stan stava facendo un lavoro eccellente in porta benché sembrasse un po' arrugginito nonostante lui e la squadra si fossero allenati tutta l'estate per tornare in campo in buona condizione. Abbassai lo sguardo sulla mia pancetta e sospirai: predicavo bene e razzolavo male. Dove era finito quel corpo duro come il marmo che la marina mi aveva dato?

Prova con un po' meno birre, hot dog e hamburger con patatine, Gatlin.

"Chiudi la bocca, subconscio," borbottai e per

fortuna i posti vicino a me erano vuoti. Il primo tempo passò lento, con i veterani lavoravano sulla resistenza e sui dettagli. Dopo di che fu il turno dei giovani puledri della Rush che ci davano dentro al massimo cercando di impressionare gli allenatori con la loro incredibile abilità. Su tutti però svettava Tennant Rowe, il mio eroe. Avevo avuto il piacere di conoscere la maggior parte della squadra poiché venivano da me sia per i tatuaggi che per farsi decorare i caschi. Ten era davvero un bravo ragazzo: intelligente, simpatico, generoso e pieno di talento. Era il mio eroe per la forza che aveva dimostrato nel dichiararsi gay in un mondo che non sempre accoglieva bene gli omosessuali. Lui, però, aveva affrontato ogni cosa con coraggio di fianco al suo uomo. Ci voleva fegato. Ciononostante, era ancora sotto pressione visto che non tutti erano inclini alla tolleranza.

Quindi, sì, ammiravo quel ragazzo. Era un fenomeno, non c'era altro modo di definirlo. Anche in quel momento, nella prima partita di precampionato, mentre gli altri cazzeggiavano, Tennant Rowe era la determinazione personificata. In un batter d'occhio infilò un tiro veloce alle spalle del portiere dei Devils. I pochi tifosi presenti esultarono, la luce rossa del goal si accese e partì la canzone che celebrava le reti dei Railers.

Quel goal fu più o meno l'unica emozione fino al cambio del portiere. Fu lì che recuperai un po' di entusiasmo, cosa su cui preferii non soffermarmi. Bryan e Stan si scambiarono di posto con un colpo di guanto. Avevo finito la birra e ne avrei davvero voluta un'altra, ma il bisogno di vedere Bryan in porta e la vocina nella testa che mi ricordava la mia pancetta mi fecero desistere.

Fu interessante vedere Bryan al lavoro. Sembrava concentrato, attento alla partita. I suoi movimenti erano veloci e sicuri. Non era particolarmente appariscente, ma aveva la vista lunga e muoveva il guanto che era una bellezza. Sottrasse il disco a uno dei Devils con un colpo di polso. Quel salvataggio, mostrato dopo un momento sul mega schermo, sarebbe dovuto finire nel video dei momenti migliori del match. Bryan era puri riflessi. Lo capivo dal modo in cui si muoveva, come se il suo corpo fosse collegato al disco e a come sarebbe volato verso di lui. Il resto della partita passò in un istante e l'avviso dell'ultimo minuto di gioco da parte dell'annunciatore mi colse completamente di sorpresa.

Dopo il fischio finale, Bryan fu celebrato dai compagni di squadra con un giro di pacche sulle spalle e tocchi di casco contro casco, poi il ragazzo si sfilò il suo dalla testa – era un oggetto davvero brutto – mostrando i capelli scuri fradici, schiacciati sul cranio e il viso che brillava per il sudore. Scosse la testa come un cane, poi sorrise. Non avevo mai visto un sorriso così brillante. Mi accese qualcosa dentro, una fiammella di innegabile desiderio che pensavo che Rex avesse spento per sempre. Sentivo un assurdo bisogno di far sorridere ancora Bryan Delaney.

CINQUE

Bryan

Avevamo vinto! Ero euforico e non vedevo l'ora di raccontare a Aarni del mio successo, sebbene fosse maturato solo nel finale di partita. Gli mandai un messaggio prima ancora di controllare quanto avevano fatto i Raptors quella sera e avrei fatto meglio a non farlo.

Cristo, ragazzino. È precampionato. Non conta nulla, idiota. *LOL* fu la risposta di Aarni. Quando controllai i risultati sull'app del NHL vidi che la partita dei Raptors contro i Kings era finita con una vittoria per sei a uno a favore degli ultimi.

Merda.

Cosa dovevo fare? Riscrivergli e dire che mi dispiaceva che avessero perso? Laggiù a Harrisburg ero lontanissimo da quello che succedeva ai Raptors.

Avrei dovuto controllare.

Mi sembrava che negli ultimi giorni non avessi fatto altro che far incazzare la gente. Quello che era successo con Gatlin mi faceva ancora sentire in colpa e non ero riuscito a levarmi quella sensazione per tutto il giorno. L'unico momento in cui ero riuscito a dimenticarmi della mia maleducazione e di quella crisi era stato durante la partita, ma una volta finita, quando pensai a come avevo fatto arrabbiare sia Aarni che Gatlin, mi infuriai con me stesso.

Gatlin non mi aveva urlato contro, ma la delusione nella sua espressione e il fatto che avesse sottolineato la mia maleducazione erano serviti a farmi passare una notte in bianco e una giornata pensierosa.

Digitai uno *Scusa* accompagnato da una faccina triste per Aarni, ma non lo inviai. Qual era la cosa giusta da dire? Poteva sembrare che stessi gongolando e Aarni aveva ragione: era solo una partita di precampionato, un modo di mettere a punto gli ultimi dettagli dopo la pausa estiva. Non era certo importante. Cancellai il messaggio.

Forse avrei potuto scrivere che stavo scherzando, magari aggiungere anch'io un LOL per rendere meno penosa la mia rozza autocelebrazione? Mi accorsi che stavo stringendo troppo il telefono e cercai di rilassare i muscoli. Se avessi rotto un altro schermo, sarebbe stato il settimo.

Come diceva Aarni, non mi rendevo conto della mia stessa forza.

Qualcuno mi diede un colpetto con il piede e alzai lo sguardo sorpreso.

"Aspetti che ti chiami la ragazza?" mi chiese Connor. Il capitano aveva la pelle arrossata per il caldo ed era coperto solo da un asciugamano fissato attorno ai fianchi. Era in piedi di fronte a me, bello e tonico in modo quasi intimidatorio.

"Ragazzo, e no, non aspetto una sua chiamata" risposi ancora prima di aver il tempo di pensare a mentire o ad aggiustare la realtà. Le mie parole galleggiarono nell'aria.

Connor aprì la bocca per lo stupore, poi esclamò con una voce acuta e stridula: "Ragazzo?"

Mi si fermò il cuore. Avevo creduto che i Railers fossero inclusivi. E Ten? Aarni aveva ragione: c'era una legge per lui e una per tutti gli altri.

Connor scosse la testa come se volesse liberarla dalle ragnatele. "Ten!" chiamò.

"Capitano?" rispose lui all'istante.

"Vieni qui. Adler, anche tu. Stan, Erik, Dieter, cazzo… tutti… venite qui. *Adesso.*"

Non riuscivo a capire cosa stesse succedendo. Era una specie di iniziazione per i nuovi arrivati? Ero intrappolato nel mio cubicolo, Connor incombeva su di me – con le braccia sui fianchi e l'asciugamano che per fortuna rimaneva al suo posto – e aveva chiamato gli altri giocatori.

"Cosa c'è che non va?" domandai.

Erik fu il primo ad arrivare, aveva i riccioli biondi bagnati e appiattiti. Stan lo raggiunse subito, più alto del compagno troneggiava su di me. Arricciò il naso meditabondo, poi annuì come se il solo guardarmi fosse bastato a fargli avere una sorte di illuminazione. Dieter si avvicinò con calma come se avesse tutto il tempo del mondo e abbozzò un sorriso quando Connor lo guardò storto. Ten arrivò in fretta con i capelli scuri che formavano delle morbide punte e scrutò le facce del piccolo gruppo con un'espressione di attesa.

"Che c'è?" domandò continuando ad allacciarsi la camicia blu.

Connor sembrava aspettare qualcosa, Adler immagino, e quando vide che non arrivava, sospirò.

"Ads porta subito qui il culo."

"Non dirmelo: qualcuno ha ucciso il nuovo portiere?" disse Adler da dietro le spalle degli altri, poi si fece strada fino alla testa del gruppo. "Oh," continuò quando riuscì a vedermi. "No, è vivo. Meglio così, perché, diciamocelo, è molto meglio di Jezza con le sue polpette svedesi e le cagate dell'IKEA."

Erik lo colpì su un braccio e lo insultò in quello che immaginai essere svedese. Non sembrò che Adler ne fosse molto impressionato o, forse, semplicemente non aveva capito.

Io, invece, ero molto preoccupato da quello che dicevano tutti. Mi preoccupava che ci fosse un cazzo di gruppo di giocatori di hockey che mi circondava, bloccandomi e incombendo su di me. Sentivo una stretta allo stomaco e i palmi sudati. Strinsi il guanto da bloccaggio pronto a usarlo come arma. Aarni sarebbe arrivato, me li avrebbe tolti di dosso, avrebbe preso le mie parti e liquidato il tutto con una risata, come se non fosse nulla di importante. Era un maestro a disinnescare le situazioni pericolose.

Avevo bisogno di Aarni.

Che cosa ci facevo in quel posto? Chi aveva pensato che potessi essere abbastanza bravo da giocare in una squadra di campionato? Me l'ero cavata quel giorno, forse più che cavata, ero stato in paradiso e adesso stavo sprofondando all'inferno. Aspettavo che i tizi di fronte a me pronunciassero le parole che avrebbero distrutto la mia sicurezza.

Connor mi indicò. "Sta aspettando una telefonata del suo ragazzo." Poi mi diede una pacca sulla schiena e io non riuscii ad evitare di saltare in piedi. Lui mi rimise a sedere con una spintarella. "Benvenuto nei Railers, la squadra alternativa, dove tutti devono indossare boxer arcobaleno e amare i musical."

"A me non piacciono," mise avanti le mani Adler guadagnandosi questa volta una gomitata nel fianco da parte di Dieter.

"Cos'è boxer?" domandò Stan. Erik gli fece cenno di tacere.

"Il tuo ragazzo è un giocatore di hockey?" mi chiese Ten, senza malizia e con quello che sembrava un interesse genuino. Come se avessi potuto confessare che Aarni era gay all'uomo che odiava.

Li guardai tutti uno alla volta e poi tornai su Connor.

"Era una battuta, amico," disse lui dopo un momento di silenzio imbarazzato. "Io… merda… Ten, mi è venuta male." Dopo di che Connor si accovacciò di fronte a me e mi porse la mano da stringere, cosa che io feci anche se ero ancora convinto che mi volessero molestarmi. "Colpa mia. Ormai sono abituato alla faccenda dello stesso sesso, ma forse mi sono ispirato troppo a Adler e ho finito con il fare la figura dell'idiota."

"Ehi, non mi piace quello che hai detto" replicò Adler senza scaldarsi.

Connor mi strinse la mano con vigore e io dovetti sopprimere l'istinto di tirarla via. Stava succedendo qualcosa, ma non era una cosa crudele, era solo… strana.

"Bryan, sai già di Ten, ma ti garantisco che i Railers sono sempre inclusivi. Sì, i tifosi avversari o le loro squadre ci rendono la vita dura. Peggio ancora quando giochiamo in trasferta, in palazzetti non proprio stellari. Non è facile, anzi, a dirla tutta è davvero difficile, ma siamo una grande squadra e siamo in grado di serrare le fila e vedercela con i migliori. Non vorrei nessun'altro al mio fianco. I Railers sono i miei migliori amici e siamo tutti pronti a rispondere a qualsiasi attacco come una squadra."

"Sempre squadra," sottolineò Stan in tono teatrale.

Adler fece finta di suonare il violino più piccolo del mondo e fu il turno di Ten di spintonarlo e zittirlo. Adler era un vero idiota. Carino, un gran giocatore, ma per il resto un idiota che non riusciva a tenere chiusa la bocca. Mi piaceva. Almeno diceva quello che pensava e io riuscivo a gestire quello che mi veniva detto in faccia.

"Okay?" dissi poiché Connor si aspettava che rispondessi qualcosa. Mi lasciò andare la mano e sorrise.

"Sei uno dei Railers adesso, se hai bisogno di qualcosa rivolgiti a noi. Chiunque di noi, per i boxer arcobaleno o qualunque altra cosa. Siamo una squadra. Chiaro?"

"Squadra. Migliore," aggiunse Stan e tutti annuirono, me compreso.

"Grazie," mormorai e rilassai le spalle. Avevo già sentito prima dichiarazioni di quel tipo, ma nel giro di qualche settimana si erano rivelate solo parole al vento. In ogni caso, se i ragazzi che mi circondavano erano sostenitori della causa, almeno per un po' avrei potuto contare sul fatto di non essere solo. Fino a quando, per un motivo o per l'altro, non avrei mandato tutto a puttane.

"Okay, è finito l'incontro settimanale del gruppo Arcobaleni & Unicorni?" domandò Adler con un sospiro sonoro.

Connor gli si avvicinò con fare minaccioso, anche se non era davvero arrabbiato, e lo spinse. Pareva che tutti volessero farlo quel giorno, ma non in modo cattivo, se la cosa può avere un senso.

"Adler." Connor annusò l'aria intorno a lui in maniera teatrale. "Puzzi, amico."

L'altro gli diede una frustata con l'asciugamano e poi si avviò verso la doccia lasciando dietro di sé una scia di vestiti.

Il gruppo si sciolse. Tutti meno Ten, che si sedette nel cubicolo a un paio di posti da me.

"Adler è un bravo ragazzo," disse e abbassò lo sguardo per abbottonare il resto della camicia, ma, accorgendosi di averla allacciata sbagliata, sospirò e la sbottonò. "Ma hai capito cosa cercava di dire Connor, vero? Che se hai bisogno di qualcosa, parlare, prendere un caffè o capire come affrontare i cori che ci lanciano contro, puoi chiedere a me o a chiunque di noi." Alzò il pugno e io, dopo un momento di esitazione, strinsi il mio e ci scambiammo un colpetto.

"Grazie," risposi con sincerità.

Feci la doccia e mi attardai davanti allo specchio fingendo di mettere a posto i capelli. Avevo bisogno di pensare, il che significava non essere circondato da persone che volevano parlarmi o rassicurarmi. Non quando avevo ancora in testa l'ultimo messaggio di Aarni. Gli avevo mandato una faccina triste e un semplice: *Sì, hai ragione*. Era *solo* una partita di precampionato. I punti non avevano importanza. Essere così su di giri era stupido. Cazzo, avevo giocato solo mezz'ora.

Lui mi aveva appena scritto: *Dopo, esco, birre*. Voleva dire che usciva a bere con la squadra? Ne dubitavo, la squadra era spaccata. Era probabile che si vedesse con la bionda della foto.

Sentii una mano atterrarmi sulla spalla e mi gelai vedendo l'espressione seria di Alain Gagnon nello specchio. Quando i nostri sguardi si incontrarono, tuttavia, l'allenatore sorrise.

"Sei stato bravo," disse. "Hai giocato bene. Credo che ci sia da lavorare sul five-hole, ma, cazzo, per essere un giovane portiere cresciuto in una squadra di merda come i Raptors è stato un grande inizio."

Avrei voluto risentirmi alle parole 'squadra di merda', ma non ci riuscii, era una definizione abbastanza calzante. Invece, l'ondata di orgoglio che mi investì alle sue parole fu travolgente. Rispettavo l'allenatore Gagnon, ero cresciuto idolatrando lui e i portieri di quindici anni prima, volevo essere come loro, a dispetto dei progetti che gli altri avevano fatto per me.

"Grazie." Sembrava che stessi usando molto quella parola di recente.

"Continua così, Bryan. Domani cerca di arrivare un paio d'ore prima dell'allenamento e faremo un po' di lavoro sulla mindfulness, se riusciamo a rintracciare anche Stan. L'hai mai usata?"

Sapevo cosa fosse, una specie di stato in cui eri cosciente di te stesso o qualcosa di simile. Quando ero in campo raggiungevo già quella che pensavo fosse una sorta di mindfulness, ma se anche fosse stato, non mi importava: volevo imparare tutto.

"Qualcosa, ma vorrei saperne di più e ci sarò."

"Bene." Lasciò che finissi di vestirmi.

Fui l'ultimo a lasciare il palazzetto, la città intorno a me era illuminata a giorno e il suono delle sirene lontane era l'unica cosa che sentivo. La mia era l'ultima auto rimasta nel parcheggio e sembrava abbandonata nel suo posto riservato. La partita di precampionato era stata giocata presto, una matinée, ed erano solo le otto e ventinove. Ero sicuro che lo studio di tatuaggi fosse aperto fino alle nove la domenica, ma non riuscivo a ricordarmi come arrivarci.

Cercai su Google e lo trovai. Aveva un logo con un teschio, due frecce e il nome Hard Score Ink. Già quello mi intrigava. Era un gioco di parole con Hard Core Kink? O si riferiva allo score, il punteggio di una partita di hockey? Chi poteva dirlo.

Dovresti chiederlo a lui. Quale può essere la reazione peggiore a una domanda?

Parcheggiai fuori dal negozio, molto più vicino di quanto fossi riuscito a trovare il giorno prima e vidi che mancavano solo cinque minuti alla chiusura. L'interno era illuminato, sulla vetrina c'era il logo e alcune foto di tatuaggi, sia a colori che in bianco e nero.

Canalizzando la positività che mi avevano trasmesso le lodi del coach Gagnon e le offerte di amicizia dei compagni di squadra, scesi dall'auto. L'ingresso non distava più di una decina di metri e quando entrai un campanello segnalò il mio arrivo.

Lo stridio di metallo sul pavimento fu seguito dalla comparsa di qualcuno che scivolò fuori da dietro uno dei separé che dividevano le postazioni di lavoro. Mi si bloccò il respiro: Gatlin. Mi guardò come se non riuscisse a credere che fossi lì.

"Posso aiutarti?" chiese con un tono di curiosità nella voce.

"Posso aspettare."

Gatlin aprì la bocca, probabilmente per ricordarmi che era l'orario di chiusura, ma poi si limitò a sorridermi e annuire.

"Accomodati, sto per finire."

Scelsi la sedia più vicina alla vetrina. Da lì potevo osservare la strada e l'andirivieni dal bar di fronte, al cui esterno scorsi un cartello che pubblicizzava un Railers-burger. Non sapevo cosa fosse, ma immaginai che avrebbe potuto piacermi. *Dovevo prenderne uno.*

Lo stomaco mi borbottava e ci appoggiai la mano, perso nei pensieri. Tornai alla realtà al suono del campanello che, realizzai, segnalava che il cliente su cui stava lavorando Gatlin aveva lasciato il negozio. Il tatuatore scomparve di nuovo dietro il separé e a quel punto non seppi bene cosa fare. Aspettare di vedere cosa stesse facendo? Decisi di rompere gli indugi e mi avvicinai alla postazione. Stava pulendo i suoi attrezzi, immergendoli in contenitori pieni di un liquido blu. Quando iniziò a chiudere le boccette di inchiostro capii che era il momento di parlare.

"Ti chiedo scusa," iniziai, "per quello che è successo ieri. È stata una giornata pesante."

Mi lanciò un'occhiata che la diceva lunga, poi sorrise di nuovo. "Non ti preoccupare. Sei qui per discutere del tuo disegno?"

Indietreggiai. Non era per quello che ero venuto, no. Volevo solo scusarmi, tutto lì.

"No, possiamo prendere un appuntamento? Mi dispiace disturbarti…"

"Hai fame?"

Avevo un *No* sulla punta della lingua, ma in effetti ero affamato e sarebbe stato stupido negarlo.

"Sì."

"Chiudiamo e andiamo a mangiare qualcosa. La specialità del giorno è il Railers-burger, lo fanno sempre nei giorni della partita." Mi diede una strizzatina al gomito. Aveva lo sguardo sincero. "Congratulazioni per la vittoria. Da tifoso voglio dirti che è davvero fico avere una buona riserva per Stan. Alcuni dicono che il precampionato è tempo perso, ma vedere la squadra compattarsi e provare gli esordienti è comunque una bella cosa."

Dovevo essere arrossito poiché lui ridacchiò e mi strinse di nuovo il gomito. Dopo di che controllò lo studio, spense tutte le luci – tranne i faretti che illuminavano i disegni in vetrina – e abbassò la saracinesca. Uscimmo dalla porta sul retro e ci avviammo verso il Binky's Pub.

La stessa cameriera della sera prima, Tina, ci accompagnò al tavolo e ci riempì i bicchieri d'acqua.

"Due Railers-burger?" chiese con una strizzatina d'occhio.

Io annuii con tutto l'entusiasmo che poteva metterci un uomo che non aveva idea di cosa ci fosse in quel piatto.

Solo quando la ragazza si allontanò, mi chinai in avanti e chiesi a Gatlin: "Cos'è di preciso il Railers-burger?"

"È un hamburger normale, con le solite guarnizioni, ma con una speciale salsa Railers."

Valutai per un momento la domanda che stavo per fare, non volevo sembrare troppo stupido. "E la salsa è…?"

Gatlin si strinse nelle spalle, poi sorrise. "Chi cazzo lo sa? Però è buona."

Presi un sorso d'acqua e appoggiai il bicchiere, sollevai la forchetta e la feci girare tra le dita.

"Allora, credo che tu voglia parlare del progetto per il tuo casco," cominciò Gatlin ed estrasse il bloc-notes dallo zainetto che gli avevo visto prendere mentre uscivamo dallo studio. Tirò fuori gli occhiali da una logora custodia blu, se li infilò, aprì a una pagina pulita e tracciò la sagoma del casco, poi mi guardò in attesa. "Da dove vuoi partire?"

"Non lo so." Se non altro ero onesto.

Picchiettò la penna sul blocco e assunse una strana espressione, quasi come se potesse guardarmi dentro. Io mi persi nel suo sguardo e nel modo in cui sorrideva. Sapevo che era più vecchio di me, ma di quanto? Il grigio nella barba ben curata poteva indicare qualsiasi età. L'abilità con cui tamburellava la penna come se fosse una bacchetta da batteria attirò la mia attenzione sulle sue mani. Aveva le unghie ben curate e dalla maglietta rossa gli spuntava la coda di un tatuaggio. La stessa maglietta modellava il suo fisico asciutto e mi faceva venire voglia di avvicinarmi e…

"Dimmi perché hai deciso di diventare un portiere," mi domandò interrompendo il flusso dei miei pensieri e io scossi mentalmente la testa per liberarla da quelle fantasie.

Ce l'avrei fatta a essere onesto fino a quel punto? A confessare la vera ragione per cui avevo sempre voluto essere un portiere? Avevo disperatamente desiderato entrare a far parte della squadra della mia cittadina molto prima di fare coming out con i miei genitori naturali. Giocare significava partecipare ad allenamenti e partite per cui dovevi fare lunghi viaggi in pullman e, anche se avevo solo sette anni, mi permetteva di non stare a casa, cosa di cui avevo più bisogno che dell'aria che respiravo. Nessuno degli altri bambini voleva fare il portiere e per quello, a otto anni, avevo deciso che lo avrei fatto io, perché avrebbe significato avere un posto sicuro in squadra. E, sorpresa delle sorprese, mi rivelai anche bravo. Oltre a ciò, ero anche un ottimo pattinatore e per questo ancora più utile.

Non fui completamente onesto con Gatlin, tuttavia, e preferii concentrarmi sugli aspetti tecnici del giocare in porta.

"Credo di avere un'inspiegabile abilità di sentire il disco quando arriva verso di me."

"Come se avessi una vista eccezionale?" mi chiese lui e scarabocchiò una sagoma nell'angolo della pagina. Sembrava un uccello da preda. Quell'uomo aveva davvero un gran talento.

"Un gufo," specificai. "È quasi come se potessi vedere anche con gli occhi chiusi, o al buio, come un gufo. O almeno sentire." Abbassai lo sguardo imbarazzato per la marea di cazzate che stavo sparando. "Niente di quello che ho detto sembra minimamente razionale, vero?"

"A me piace, e la tua storia è solo tua," mormorò Gatlin e cominciò un nuovo schizzo più simile a un gufo. Poi spostò l'attenzione sul casco, prese una matita color ambra e abbozzò un occhio. Avevo avuto una giornata piena di emozioni, di offerte di amicizia e di sorrisi gentili e mi sentivo perso.

No, in realtà ero incantato. Assistere alla creazione dell'immagine, sentire lo strisciare della matita sulla carta, ma più di tutto, studiare la curva delle sue sopracciglia, la morbidezza della sua pelle, il rosa delle sue labbra, che avrei tanto voluto assaggiare... Non avrei mai smesso di guardarlo.

Cosa?

SEI

Gatlin

Gli uccelli da preda erano uno dei soggetti che preferivo disegnare. Non sono sicuro del perché, forse era per la bellezza delle loro piume o per il luccichio in quegli occhi da cacciatore. I gufi erano particolarmente interessanti e questo me lo immaginavo un po' steampunk. Forse avrei potuto mescolare il fascino del rapace notturno con la potenza e l'acciaio dei Railers.

"È arrivata la cena."

Alzai gli occhi dal blocco: Bryan stava accennando col capo a Tina che reggeva i nostri piatti.

"Scusate." Rivolsi loro un sorriso imbarazzato e ficcai il bloc-notes nello zaino. La ragazza ci piazzò gli hamburger davanti e rabboccò i bicchieri d'acqua. Sollevai gli occhiali e li appoggiai sulla testa. "Quando creo entro in una specie di trance. Credo che sia simile a quello che succede a te quando sei in campo e la tua raptor-vista entra in azione.

I suoi occhi scuri si illuminarono. "Raptor-vista. Mi piace."

"C'è un video game che si chiama *Assassin's Creed* in cui i protagonisti hanno il potere di una vista come quella di un'aquila." Sollevai la parte superiore del panino e cosparsi di sale la carne coperta dal formaggio. La salsa Railers colava dai bordi e il mio stomaco brontolava. "La vista del personaggio si acuisce quando il giocatore è in quella modalità, penso che si chiami così. I nemici diventano più facili da individuare. Il tuo senso del disco funziona allo stesso modo?"

Lui prese una patatina e la intinse nella salsa che colava dal suo hamburger. "Credo. Non proprio, ma qualcosa di simile."

"Beh, adesso è tutto chiaro," scherzai mentre richiudevo il panino.

"Scusa, dovrei cercare di evitare i giri di parole."

Alzai lo sguardo dalle patatine che stavo salando a loro volta. Il sale è buono, nonostante quello che dice il mio dottore a proposito della mia inquietante pressione sanguigna.

"Bryan, non devi scusarti, stavo scherzando. Certe volte non c'è un modo preciso per spiegare qualcosa di spirituale."

Lui fece un cenno di assenso, mangiò la patatina e io ebbi la sensazione che stesse per ritirarsi in quel suo guscio dove sembrava passare molto tempo. Non volevo che succedesse di nuovo, mi era sembrato che si stesse un po' lasciando andare e mi piaceva vederlo rilassato, gli occhi non erano più così tristi e l'espressione sembrava meno circospetta.

"Allora, che cosa ne dici di un gufo steampunk militante per il tuo casco?" Afferrai il panino con entrambe le mani e ne strappai un grosso boccone in modo da dargli il tempo di riflettere sulla risposta.

"Come una specie di robot?" chiese addentando a sua volta l'hamburger. Il viso gli si distese in un'espressione di godimento.

"Buono, eh?" chiesi mentre masticavo la carne arrostita a puntino.

"Super buono," borbottò e accennò un sorriso.

Sì, eccolo lì. Era un sorriso timido ed esitante, ma c'era. Adesso dovevo riuscire a tirargliene fuori un altro, meno incerto. Uno come quello che gli avevo visto in campo quando era circondato dalla sua nuova squadra.

"Tornando al gufo, sì, in parte. Lo steampunk di solito prevede macchinari azionati a vapore. Penso che potremmo davvero divertirci con questo progetto se hai voglia di provarci."

Prese un altro boccone e masticò con calma. Aveva una mascella potente, coperta da un velo di barba. Dio, era proprio bello. Così giovane, così timido, così attraente in tanti modi diversi.

Ha anche l'età di tua nipote o ci va molto vicino. Il che vuol dire che potrebbe avere gli anni di tuo figlio se ne avessi uno.

No, no. Garrett ha dieci anni più di me. E l'età è solo un numero. Cazzo. Nella comunità gay è normale che uomini più giovani e più vecchi si frequentino. Quindi taci, vocina interiore. E non è un appuntamento galante. Non stiamo neanche flirtando. È solo una cena d'affari. 'Fanculo.

Okay, quindi non stavi ammirando la sua mascella e la pelle liscia ed elastica del suo collo? È una cosa che fai con tutti i clienti? Vecchio marpione.

"Tutto bene?"

Sbattei gli occhi e tornai al presente. "Scusa, pensavo al tuo casco."

Sembrò essersi bevuto la bugia. "Ah, va bene. Penso che mi piacerebbe vedere cosa riusciresti a realizzare con l'idea del gufo steampunk."

Gli feci un gran sorriso e lui ricambiò. Dio, era magnifico quando l'ombra si allontanava dai suoi occhi. Una meraviglia d'uomo. Provai una stretta allo stomaco vedendolo così e desiderai con tutto me stesso che continuasse a sorridere. Certo, mi rendevo anche conto che non poteva stare lì seduto con un'espressione da beota per tutta la sera.

Riuscimmo a parlare di altri argomenti oltre all'hockey e la cosa lo rese meno rigido. Finito di mangiare, al momento di pensare al dessert – va bene, ero io che pensavo al dessert – Bryan era quasi completamente rilassato. Il suo sguardo indugiava su di me mentre discutevamo, più che altro del mio passato visto che lui non sembrava voler parlare di molto di più che musica e hockey.

"Sei sicuro di non volere un gelato o altro?" chiesi mentre cercavo di decidere in quale peccato di gola indulgere.

"No, grazie. Hamburger e patatine erano già abbastanza pesanti. Domani mi toccherà aggiungere del tempo sul tapis roulant per bruciare tutte queste calorie inutili."

"Sì, vale anche per me." Cercando di non dare nell'occhio mi controllai lo stomaco, poi gettai il menù sul tavolo. "Tina? Il conto per favore."

Uscimmo nella notte. Bryan mi stava raccontando di

un vecchio album dei Kiss che possedeva. Mi voltai verso di lui.

"Stai parlando di *KISS Alive*! Ce l'ho, in vinile, autografato da Gene Simmons." Guardai a destra e a sinistra e poi mi avvicinai abbastanza da sentire il profumo di legno del suo sapone. "Credo di far parte del Kiss Army fin dal…" Coprii le ultime parole tossendomi nella mano.

Lui rise piano e quel suono mi piacque quanto il suo sorriso. "Da così tanto, eh?"

"Sì. Che ne dici di andare da me ad ascoltarlo?"

Ecco fatto, era la prima mossa per trasformare una cena di lavoro in qualcosa di totalmente non professionale. Forse avrei dovuto rimangiarmi la proposta. Insomma, non avevo mai invitato Stan nel mio appartamento sopra l'Hard Score a sentire i miei vecchi album graffiati. Sì, non era stata una mossa…

Il suo telefono squillò. "Devo rispondere, aspetta," disse alzando un dito, poi si girò portando il cellulare all'orecchio. Annuii e attesi, grato per quella chiamata che mi aveva impedito di oltrepassare una linea che non doveva essere superata. Probabilmente. *O avrei dovuto farlo? No. Perché no?*

Bryan si voltò verso di me, aveva il volto scuro e teso. "Sì, andiamo da te ad ascoltare i KISS."

"Ah, va bene." Gli feci cenno di attraversare la strada e mi incamminai al suo fianco. Tutto il buon umore e la calma sembravano scomparsi. Aveva di nuovo la mascella contratta, lo sguardo rivolto a terra e le spalle incassate. "Dobbiamo passare da dietro."

Lo precedetti verso la scala sul retro dell'Hard Score

e salii per primo senza aggiungere una parola. I suoi passi pesanti seguirono i miei risuonando nel vicolo. La porta si aprì con un lieve cigolio e io raggiunsi l'interruttore della luce. Era un appartamento piccolo, ma abbastanza accogliente grazie a Jess e al suo pennello. Le pareti erano giallo miele, c'era un grosso tappeto rotondo rosso acceso e i mobili erano blu e verdi.

"È colorato," osservò Bryan fermo sulla soglia.

"Jess, mia nipote, adora pitturare tutto quello su cui posa le mani. Accomodati." Mi sfilai lo zaino e la giacca, li gettai sul tavolo dietro il divano e mi avvicinai allo scaffale che alloggiava una tonnellata di libri e il mio impianto stereo.

Lui entrò lentamente e chiuse piano la porta, come se temesse di svegliare qualcuno. Non c'era niente sotto di noi, solo lo studio vuoto e il suo nervosismo mi preoccupava. Speravo che si sarebbe aperto un po', che magari avrebbe parlato di cosa lo aveva reso così circospetto, ma iniziavo a dubitare che sarebbe successo. Non quella sera, comunque. Forse un giorno…

"Togliti la giacca e vieni qui," lo chiamai, poi aprii un lungo cassetto ai piedi della libreria artigianale – un mobile realizzato da un abile falegname a cui in cambio avevo tatuato un braccio completo – e indicai la vasta collezione di dischi.

Bryan mi raggiunse, si inginocchiò al mio fianco e iniziò a far scorrere gli album di rock classico. Aveva dita lunghe e affusolate. Si fermò quando arrivo ai KISS e con cautela estrasse la mia copia del loro doppio dal vivo del 1975.

"Come hai fatto a fartelo autografare da Gene Simmons?" sussurrò con un tono di reverenza che mi piacque molto. Era evidente che il ragazzo era sbalordito dalla firma di quel dio demoniaco dell'heavy metal.

"È una lunga storia. Vuoi una birra?"

Annuì, così mi alzai, gli presi il disco dalle mani ed estrassi il vinile dalla copertina. Dopo un attimo le note di *Deuce* raggiunsero le nostre orecchie di appassionati del metallo pesante. Andai a prendere un paio di birre dal frigo e quando tornai in soggiorno, Bryan era in piedi vicino al giradischi, con gli occhi chiusi, perso nella beatitudine dei riff della chitarra di Ace Frehley.

"Incredibili," disse quando gli toccai la spalla con una bottiglia gelata di Miller.

"Spaccano. Vuoi sederti?" Indicai il divano con la mia birra. Lui inclinò il capo, le rughe di stress intorno alla bocca sembravano meno pronunciate. Non si mosse, però, e rimase lì con la birra in mano a fissarmi come se avessi avuto in testa una stella marina che ballava la macarena. "Possiamo accomodarci," ribadii.

Non disse nulla. Si limitò ad avvicinarsi e appoggiare la bocca sulla mia.

Dire che ero scioccato sarebbe stato l'eufemismo dell'anno. Sbattei le palpebre e lo lasciai fare perché non ero comunque così sconvolto da allontanarlo. Lui aveva gli occhi chiusi e sentivo il suo alito caldo sul viso. Man mano che il bacio continuava – le sue labbra morbide sulle mie – basso e batteria sembrarono scomparire. Poi aprii la bocca abbastanza da sfiorare con la lingua il suo labbro inferiore. Bryan emise un profondo suono gutturale che mi fece capire che apprezzava, così lo rifeci. Forse, ripensandoci, avrei dovuto tirarmi indietro e chiedergli come mai mi stesse baciando. Forse avrei dovuto comportarmi come una persona decente invece che come un cane in calore.

Non feci nulla di tutto ciò e lasciai che fosse il mio uccello a prendere le redini della situazione continuando a leccarlo senza pormi alcun freno. Poi con una mano gli sfiorai il fianco. Fu solo un tocco, non una stretta libidinosa, una carezza sulle costole con i polpastrelli. Lui si dimenò con violenza e la birra gli sfuggì di mano cadendo sul pavimento.

"Non posso…" Mi spinse via e se ne andò con una tale fretta che era uscito dall'appartamento prima ancora che potessi capire cosa stava succedendo.

Ancora una volta mi trovai a doverlo inseguire, ma era troppo tardi, era già sparito. Mi sedetti sul gradino in fondo alla scala esterna e fissai il vicolo deserto. Dopo qualche minuto un gatto lo attraversò. Alla luce tremolante di un lampione, ne vidi il pelo scuro, lucido e sensuale.

"Ma che cazzo?" chiesi al randagio. Lui saltò sul bidone della spazzatura del negozio di occulto che si trovava di fianco al mio studio e mi fissò con gli occhi gialli. "Se sei un famiglio o qualcosa di simile, puoi aiutarmi? Magari puoi donarmi dei poteri magici che impediscano al mio uccello di prendere il controllo delle mie azioni?"

Il gatto iniziò a leccarsi le palle. Carino.

Ecco il tuo segno, idiota.

"Se potessi farlo anch'io, non avrei bisogno di un

uomo nel letto." Sospirai, mi tirai in piedi e risalii
nell'appartamento ad asciugare la birra e a riflettere
sulla situazione in cui mi stavo ficcando e perché. Il
perché era ovvio: Bryan aveva iniziato a farsi strada
nella mia carne e, in parte, nel mio cuore. Era ferito, era
chiaro, e volevo essere io a curarlo. Quel suo sorriso
avrebbe dovuto essere patrimonio dell'umanità. Cosa
dovevo fare? Mi stavo avventurando in una massa opaca
di incertezza. Pur avendo qualche idea, non avevo nulla
di concreto e avrei dovuto aspettare che quel portiere
bellissimo, ma nervoso, tornasse a prendersi la giacca.
Oppure avrei potuto portargliela io il giorno seguente.

O magari puoi farti una doccia gelata e lasciarlo in pace.

Va bene, sì, aveva senso perché se lo avessi cercato
troppo presto si sarebbe tirato indietro ancora una volta.
Così, spensi Paul, Gene, Ace e Peter e mi infilai sotto la
doccia. Quando il getto d'acqua fredda mi colpì le palle
quasi mi venne un colpo, ma servì allo scopo. Entrare
nel mio lettone kingsize da solo fu uno schifo. Mi sfogai
con il secondo cuscino: prima lo sbatacchiai in giro, poi
lo presi a pugni e alla fine me lo misi sullo stomaco e lo
avvolsi nella posizione del cucchiaio. Come ero abituato
a fare una volta con Rex. Prima che ai suoi occhi
diventassi l'equivalente di uno Schnauzer. Lo stronzo.

Rigirandomi e agitandomi, presi una decisione:
non avrei più rivisto il ragazzo. Subito dopo cambiai
idea: avrei fatto del mio meglio per aiutarlo a uscire
dalla situazione pericolosa in cui temevo fosse
coinvolto. Dopo di che mi dissi che ero senza spina
dorsale e mi voltai sulla pancia. Infine verso le due e
mezza, scivolai fuori da quel groviglio di lenzuola che

era diventato il mio letto, mi infilai dei pantaloni del pigiama, una vecchia maglietta e andai a sorseggiare una birra sentendo gli Yes. Il loro album *Fragile* sembrava adatto al mio umore inquieto, così come a descrivere il giovane di cui – iniziavo a rendermi conto – mi stavo innamorando. Man mano che lasciavo che la musica mi entrasse dentro, sentivo le palpebre farsi pesanti.

Il sonno alla fine mi colse intorno alle tre e fortunatamente potei dormire fino alle undici visto che lo studio apriva più tardi. Nonostante la dormita, però, ero a pezzi. Insomma, non ero certo di primo pelo, ma mi sentivo ancora più vecchio del solito. Oltre che preoccupato per un uomo che non faceva altro che scappare ogni volta che ci avvicinavamo. Perché tutti fuggivano da me, mi chiedevo? Aprii la porta e mi trovai davanti il gatto nero. Sibilò e sputò, poi si precipitò giù per le scale e sparì.

"Tipico," borbottai. Afferrai il giaccone di Bryan dal divano e mi trascinai giù in negozio per affrontare la giornata. Quello che non ero assolutamente pronto ad affrontare era mio fratello maggiore che, invece, mi aspettava sul vecchio divano con il suo vestito immacolato e la camicia dal colletto inamidato. Sapevo che non avrei mai dovuto dargli una copia delle chiavi dello studio. Quel giorno non avevo proprio nessuna voglia di parlargli. "Se sei qui per farmi un'altra tirata sulle banche o le pensioni, puoi infilarti tutto su per il tuo culo pignolo."

"Pensare a cosa hai in programma di fare quando questo negozio chiuderà è qualcosa che faccio fatica a definire pignolo," borbottò Garrett a voce abbastanza alta da essere sicuro che lo sentissi.

Che fastidio. Provai l'impulso di lanciargli in testa una macchinetta per tatuaggi solo per il gusto di scompigliargli quei capelli così ben pettinati.

E io mi ero pettinato? Merda, temevo di no.

"Sembri qualcuno a cui abbiano appena investito il cane."

"Nottataccia."

Spinsi da parte il separé ed entrai in quello che di solito era il mio piccolo spazio di solitudine. Non quel giorno, purtroppo, visto che Garrett mi seguì meno di un secondo più tardi.

"Questo pessimo umore è dovuto a un uomo?"

Gli lanciai un'occhiataccia, poi mi guardai in giro domandandomi dove fossero i miei occhiali. Cazzo, come era possibile che li perdessi continuamente?

"Non è per un uomo," mentii, poi mi fermai e strizzai gli occhi in direzione di mio fratello che si era piazzato vicino alla mia scrivania. "Ti ricordi quando dicevi che volevo salvare tutto e tutti? Pensi ancora che sia così?"

"Le parole più vere mai pronunciate sulla terra." Alzai gli occhi al cielo. "Vuoi che ti elenchi tutti gli animali che hai portato a casa da bambino o gli uomini che dovevi salvare da loro stessi e dal mondo crudele? Vogliamo parlare di Rex, l'alcolista non completamente riabilitato che hai giurato di salvare grazie alla determinazione, l'amore e la forza di volontà?"

"Okay, Rex potevi risparmiartelo."

"Mi fermo qui, ma se hai bisogno di prove, ho

l'elenco degli animali." Sollevò un sopracciglio. Tirargli quella macchinetta sembrava un'idea migliore ogni secondo che passava. "E sono sicuro che potremmo anche stilare la lista degli uomini da salvare se ci dai un paio di giorni. Sono parecchi."

"Fan-cu-lo." Ebbi l'impulso di passarmi una mano tra i capelli per l'esasperazione e ci trovai i miei occhiali. Li strappai dalla testa e me li piazzai sul naso. "Va bene, si tratta di un uomo. Un uomo giovane e, per Dio, Garrett, è un essere tormentato. Percepisco qualcosa di oscuro che gli aleggia intorno, ma è così volubile."

"Gatlin, devi superare il fatto di non essere riuscito a salvare Gina." Appoggiò una mano sulla scrivania. Aveva lo sguardo addolorato. "Non potrai mai a soccorrere ogni essere umano in difficoltà."

"Quest'uomo non ha *nulla* a che fare con Gina!"

"Tutto quello che fai ha a che fare con lei," disse mio fratello con un sospiro, mi diede una pacca sulla spalla e se ne andò prima che finissimo di nuovo a litigare violentemente.

Il campanello sulla porta mi disse che era uscito e io mi sentii subito meglio, più che altro perché il bastardo aveva ragione almeno su quel punto: tutto quello che facevo risaliva alla mia sorellina e a come era morta per causa mia.

SETTE

Bryan

Il colpetto sul casco mi riporto alla realtà con una velocità tale che urlai e incespicai all'indietro, urtando la persona che mi stava vicino e afferrandomi poi alla sua casacca.

"Merda!" urlò il giocatore.

"Cazzo!" aggiunsi io prima di lasciar andare la presa, arretrare un po' e portarmi la mano guantata al torace.

Ten era piegato in due, con il bastone sulle ginocchia, che respirava affannato. Mi resi conto che dovevo averlo colpito sul petto con il guanto da presa. *Cazzo. Merda. Non Ten.*

Mi avvicinai subito e gli posai la mano sulla spalla intanto che venivamo circondati da una piccola folla con la maglia bianca da allenamento.

"Stai bene, Asso?" domandò Connor, toccando Ten sulle chiappe con il bastone.

Avrei dovuto chiederglielo io, ma ero ammutolito

dall'incredibile stupidità di quello che avevo appena fatto.

Ero stato così assorto a riflettere su quanto schifosa fosse stata la mia ultima settimana che ero scivolato in una specie di sogno a occhi aperti. In realtà, ricevere una telefonata da Aarni subito prima di salire da Gatlin sarebbe stato proprio ciò di cui avevo bisogno: ero attratto dal tatuatore e sentire la voce del mio ragazzo avrebbe potuto impedirmi di passare ai fatti. Non era lui, tuttavia, bensì un tipo che gli aveva preso il telefono e aveva biascicato che stava scopando e se volevo delle foto. Naturalmente Aarni aveva ripreso subito il telefono, ma rideva, aveva il fiatone e si comportava come se quello che era successo non fosse un cazzo di niente.

Si sbagliava. Era *qualcosa*.

La rabbia mi aveva spinto a baciare Gatlin. L'ira, mista al dolore e alla delusione, si erano accumulate dentro di me e infine erano traboccate facendomi commettere il peggior errore della mia vita. Poi Gatlin aveva approfondito il bacio, mi aveva accarezzato e nella mia testa era comparso Aarni che mi accusava di essere un rizzacazzi e mi ordinava di andare subito via.

Cazzo, ero fuggito a una velocità tale che Gatlin non avrebbe potuto raggiungermi neanche se ci avesse provato, cosa che probabilmente non aveva fatto. Potevo dirmi fortunato che Aarni fosse riuscito a vedere ciò che si nascondeva sotto il casino di goffaggine sociale che ero. Avevo terrorizzato ogni altro uomo, sia per il sesso che per l'amicizia.

Sennonché, avevo lasciato la cazzo di giacca da Gatlin e ora dovevo andare a riprendermela. Senza contare il disegno per il casco. Sì, avrei dovuto incontrare di nuovo il tatuatore e vedere la delusione nei suoi occhi, anche solo per aver perso tempo con un idiota come me.

Rizzacazzi.

"Pianeta Terra a Bryan. Tutto bene?" La voce di Connor mi riportò alla realtà.

Adler, intanto, si rivolgeva a Ten: "Cristo, campione, se non riesci a prendere una pinza in faccia, come farai a sopportare un blocco completo sulle paratie?"

"'Fanculo, Lockjaw," rispose lui e si raddrizzò. Mi aspettavo che desse fuori di matto urlandomi che idiota del cazzo ero, ma tutto quello che fece fu sorridermi e darsi un colpetto sul petto. "Hai un signor gancio destro, Bry."

Abbassai lo sguardo sulla mia pinza e la sollevai.

"Gancio sinistro, a dire il vero," riuscii a dire e tutti scoppiarono a ridere. Non di me, ma *con* me. "Scusa, Ten."

Mi diede una pacca sulla spalla. "Colpa mia, che mi sono avvicinato di soppiatto."

"Ma no! Ero io che avevo la testa tra le nuvole."

"Beh, qualunque cosa stessi pensando, dev'essere una cosa seria." Gli altri si erano allontanati lasciandoci da soli e la mia solita goffaggine venne subito fuori.

"Ho lasciato il giaccone a casa di Gatlin," dissi di botto.

Mi guardò con un'espressione che mi era familiare,

quella di chi non capiva bene cosa stessi dicendo, ma era troppo educato per fare domande.

"Vaaaaa bene," disse strascicando la voce e si allontanò in direzione del gruppo. "Comunque sei a posto."

Andai veloce verso la porta, voltai le spalle al campo, piazzai entrambe le mani sulla traversa e chinai la testa. Grazie a Dio avrebbero probabilmente attribuito la mia idiozia a qualche stranezza da portiere. Dopo tutto, erano abituati a Stan. Tuttavia avevo bisogno di qualche istante per rallentare il battito frenetico del cuore e per dimenticare che mi ero estraniato pensando a cose a cui non avrei dovuto pensare.

Non riuscivo a togliermi quel bacio dalla testa. Erano passati sette giorni e bramavo ancora il suo sapore o, almeno, un'altra cena al bar a parlare di musica. Gatlin aveva ascoltato davvero le mie opinioni e sembrava anche che mi trovasse interessante, almeno finché non avevo mandato tutto a puttane.

Aarni mi aveva chiamato per spiegarmi chi fosse lo sconosciuto con il suo telefono: un amico che era andato a trovarlo. Tutto lì. Era plausibile e io, consumato dalla colpa, avevo accettato la sua spiegazione.

Forse avrei dovuto stare lontano da Gatlin. Avevo abbastanza soldi da potermi permettere un nuovo giaccone e avrei potuto trovare un altro artista per il casco.

Però voglio vederlo.

Gli dovevo delle cazzo di scuse per essermi imposto a quel modo. Il messaggio poco convincente che gli avevo inviato il giorno seguente era rimasto senza risposta, e io continuavo a torturarmi per quello che era successo.

Una stupida telefonata da parte di Aarni e avevo perso il controllo. Al punto che mi ero trasformato in un disperato che aveva sfruttato la sua altezza e il suo peso per baciare con la forza un tizio a cui forse non piacevano nemmeno gli uomini.

Hai visto il modo in cui ti guardava. Hai visto l'arcobaleno tatuato sul suo polso. Hai sentito il modo esperto in cui ti ha toccato.

La tensione raggiunse un livello tale che sentii salire la nausea e temetti di vomitare.

Percepii qualcuno muoversi al mio fianco e immaginai che fosse Stan. Mi era girato intorno parecchio negli ultimi giorni. Avevamo disputato un'altra partita di precampionato contro il Boston e avevo giocato così male da stupirmi di avere ancora un contratto. Dieci minuti di gioco, cinque tiri nella porta dei Railers e ognuno era finito in rete. Ero stato una specie di colapasta, così il coach mi aveva richiamato in panchina e aveva fatto entrare Stan.

La forza mentale era fondamentale per un portiere, ma la mia raptor-vista aveva fallito miseramente.

Stan si avvicinò e diede dei colpetti di bastone ai pali della porta. "Bravi pali, piace parlare."

Intravidi il suo sguardo pieno di calore, nascosto dal casco decorato da Gatlin con il logo dei Railers avvolto da splendide volute di fumo, e sentii una stretta al cuore.

"Tocca," ordinò Stan e allungò la mano verso la rete. Istintivamente feci quello che mi aveva chiesto, dando dei leggeri colpi e obbligandomi a sorridere. "È buono in testa," aggiunse, poi pattinò indietro fino al lato opposto del campo e raggiunse il coach Gagnon. Cosa gli stava dicendo? Gli spiegava che stavo mandando tutto a puttane?

Abbassai la visiera del casco e mi girai verso la squadra con una nuova determinazione. I miei compagni erano tutti in fila in attesa e chiacchieravano ignari dei sensi di colpa del loro portiere di riserva.

Rallentai il respiro, mi chinai in avanti e mi schiarii i pensieri, dopo di che con uno scatto piegai le ginocchia e mi misi in posizione. Ero pronto.

Feci un cenno con la testa e la linea di Ten fu la prima. Partirono con un dai e vai con passaggi precisi e quando allungai la mano e il guanto bloccò il disco fu come se avessi dell'acciaio nella spina dorsale. 'Fanculo a tutto, era ciò che amavo e lo facevo bene. Tutto il resto era solo rumore di fondo.

Quando l'allenamento si concluse ero stanco e felice. Rientrammo negli spogliatoi con Adler che blaterava di uno shampoo alla fragola e di pattinatori artistici e Dieter che lo spintonava da dietro.

"Quando hai finito, vieni un momento da me," mi disse Gagnon passandomi di fianco. Non aveva un tono accusatorio e non sembrava arrabbiato, ma il sentimento di terrore che aveva contrassegnato quella mattina tornò con prepotenza.

Lavato e vestito, mi avviai verso l'ufficio dell'allenatore. Arrivato alla porta, mi spostai per lasciar uscire Jared Madsen, ma non riuscii a guardarlo negli occhi dopo quello che avevo fatto a Ten. In realtà non sembrava che volesse uccidermi e quella era una cosa positiva.

Forse non aveva ancora saputo.

Bussai sullo stipite e il coach, che parlava al telefono sorridendo, mi fece cenno di entrare.

"Chiudi la porta," mi disse. La paura aumentò. Sentivo un peso sul petto. "Siediti."

Presi la vecchia sedia, la scostai dal tavolo e mi accomodai.

"Posso fare di meglio," dissi veloce. "Mi dispiace per Ten."

Lui ignorò ciò che avevo detto, appoggiò i gomiti sul tavolo, incrociò le dita e mi osservò pensieroso. "Come stai, Bryan?"

"Bene," mentii. Fece un suono leggero, un *mmm* di incredulità, che non sembrava promettere bene, soprattutto quando lo vidi anche aggrottare la fronte.

"Come ti sembrano le sedute di mindfulness?"

Aprii la bocca per mentire di nuovo, ma da come mi fissava ebbi la sensazione che potesse vedermi dentro. In realtà le avevo trovate impossibili perché dovevo stare in silenzio e ascoltare il mio corpo. Non era naturale. Pensavo di farlo già, ma non in modo così mirato.

"Difficili, coach."

Lui annuì e accennò un sorriso. Fui sollevato di aver detto qualcosa di giusto. Fece una breve pausa e mi domandai se si aspettava che aggiungessi altro.

"Va bene, ecco cosa faremo. So quanto è difficile arrivare da un'altra squadra e vorrei che ti facessi aiutare a trovare il tuo posto. Ti ho fissato un appuntamento con Mitchell Grafton, lo psicologo in servizio oggi. È un ex-giocatore, un brav'uomo, e vorrei che ci facessi una chiacchierata."

Uno psicologo? Cristo, avevo trascorso la maggior parte della mia vita evitando quella merda. Mi agitai in cerca di una buona ragione per non dover parlare dei miei sentimenti.

"Mi sono già scusato per aver colpito Ten. È stato un incidente. Posto sbagliato, momento sbagliato," mi difesi.

"Ten ha subìto di peggio che un colpo di guanto sul petto."

"Non è stato intenzionale: mi ha colto di sorpresa mentre ero nel mio mondo."

La bugia aveva un sapore terribile, ma Alain Gagnon era un ex-portiere e doveva sapere com'era essere nel pieno della concentrazione.

Funzionò. Lui ridacchiò e si schiarì la gola. "Va bene. L'appuntamento è tra dieci minuti. Raggiungi il piano dell'atrio e trova la stanza C 23."

"Cosa? Adesso?"

"Adesso."

"Ma ho già in programma l'allenamento in palestra e la seduta di condizionamento."

"Recupererai."

Mi rivolse uno sguardo fermo. Sapevo di dover dire qualcosa per levarmi da quella situazione, ma non volevo discutere con l'uomo che aveva in mano il mio futuro. Bastava che dicesse al nostro direttore generale che non ero in condizioni mentali adatte a reggere la situazione e avrei finito di giocare con i Railers.

"Bryan?"

La voce del mister mi strappò dai miei pensieri. "Sì?"

"Non è negoziabile."

Sentii la risata di Aarni risuonarmi nella testa. '*Lo sapevo che non saresti durato neanche un mese.*'

"Va bene, coach."

Fu così che mi ritrovai di fronte alla porta della stanza C23, pronto a bussare. Mi sentii di nuovo un quindicenne al primo incontro con la famiglia che lo avrebbe ospitato per la stagione: sapevo che avrebbero avuto mille domande da rivolgermi e mi ero fatto prendere dal panico. Proprio come stava succedendo in quel momento. Feci un passo indietro e cercai il sostegno del muro. Fortunatamente la stanza si trovava dopo un angolo, in un corridoio cieco e non c'era ragione per cui qualcuno dovesse passare di lì e si accorgesse di quanto Bryan Delaney fosse sconvolto.

Prima che i dubbi tornassero all'attacco, bussai e, non appena sentii un attutito "Avanti", entrai nella stanza.

Mi aspettavo di trovare un divano e un uomo con i capelli grigi che mi avrebbe osservato mentre, in lacrime, gli raccontavo la mia vita.

Invece c'erano un paio di sofà con grandi cuscini e, appese alle pareti, casacche di diverse squadre incorniciate. Il portapenne sulla scrivania era una miniatura della Stanley Cup e l'uomo che ero venuto a incontrare era carponi sul pavimento intento a raccogliere una tonnellata di graffette.

"Merda," esordì. "Scusa, dammi un minuto. Mi hanno fissato l'appuntamento solo mezz'ora fa e stavo ancora sistemando le mie cose." Si rimise al lavoro ammucchiando le graffette. "Me lo passi?" chiese indicando un contenitore di cartone che era rotolato verso la porta. Obbedii e lui ci infilò fino all'ultima clip, poi, finalmente, si alzò, si spazzolò i pantaloni e mi porse la mano.

"Mitchell Grafton, chiamami Mitch. E tu sei Bryan Delaney, il portiere di riserva. Ti ho visto nella partita contro i Jets. Belle parate sui rigori, ottime mani."

Non mi aspettavo un chiacchierone, ma quello era addirittura contento, sicuro di sé e tutto sorrisi. Lo odiai e desiderai andarmene all'istante.

"Grazie," dissi invece.

"Siediti, siediti." Scelse un sofà e io mi piazzai sull'altro, rilassandomi nella pelle scura in attesa che iniziassero le domande. "Dimmi la verità," attaccò Mitch protendendosi verso di me, serio e concentrato.

Ci siamo.

"Ci proverò," risposi.

"Ho letto che qualche volta, durante gli allenamenti, chiudi gli occhi. È vero?"

Fermi tutti, dov'erano le domande indagatorie sui miei genitori, sulla mia vita sessuale o su quello che vedevo nelle macchie d'inchiostro?

"Sì." Mi schiarii la gola. "Lo so che sembra strano, ma ho una connessione con il ghiaccio."

Mitch mi sorrise. "È la cosa più fica che abbia mai sentito. Al college giocavo a hockey, non da portiere, ma come parte della peggior difesa del campionato universitario. Forse avremmo dovuto chiudere gli occhi anche noi e cercare una connessione con il ghiaccio."

Mi sta prendendo in giro? Ride delle mie stranezze?

Non mi sembrava che fosse così. Non vedevo in lui nulla che non fosse sincero.

"Forse," dissi.

"Vabbè, da dove cominciamo? Il coach vuole che ti parli della mindfulness, ma prima di arrivarci, mi piacerebbe farmi un'idea del vero Bryan Delaney. Di dove sei?

"Non dovresti avere un blocco o una cartellina?" chiesi indicando il suo grembo.

Lui scosse la testa, "Non prendo appunti. Non sono quel tipo di psicologo. Voglio solo parlare da uomo a uomo, vedere come possiamo lavorare assieme per far sì che tu abbia meno pensieri quando sei in porta."

"E se non ne avessi bisogno?"

"Cercheremo di capirlo e poi decideremo cosa fare."

Rassegnato e senza la possibilità di fuggire, incrociai le mani. Avevo i palmi sudati e sentivo un peso sul petto, ma mi preparai ad affrontare l'interrogatorio. A cominciare da dove ero nato, il che avrebbe subito portato a parlare dei miei genitori.

"Vengo dal Canada," dissi prima che potesse ripetere la domanda. Avevo una storia che mi ero preparato per bene ed era nella mia biografia ufficiale. "Mio padre era un meccanico e mia madre era la segretaria della locale chiesa cattolica. Sono andato a scuola nella cittadina dove sono nato, ho disputato la mia prima partita di hockey a quattro anni con il mio migliore amico, Darren, e a quindici anni sono andato ad abitare con una famiglia di Erie per continuare a giocare."

Mitch mi osservava attento. "Partiamo dall'inizio."

Per favore, no.

"Perché?"

"Voglio solo farmi un quadro più preciso."

La mia irritazione raggiunse il picco. Cosa cazzo dava ai Railers il diritto di sapere altro oltre alle mie informazioni di base? Ero loro ormai, ma tutta quella roba sulla mia infanzia non aveva importanza. Avevo già le parole sulla punta della lingua, ma Mitch mi batté sul tempo.

"Allora, tuo padre era un meccanico e tua madre una segretaria. Giocavano a hockey?"

Non riuscii a evitare una risata all'idea di mia madre sui pattini con la sua espressione insoddisfatta o di mio padre, completamente ubriaco, che già faticava a stare in piedi sulla terra, figuriamoci sul ghiaccio. Ovviamente era la cosa peggiore da fare, infatti colsi un lampo di interesse negli occhi di Mitch.

"Come hai iniziato con l'hockey?"

"Lo zio del mio migliore amico era un allenatore oltre a essere il prete della zona. Ci portava lui a giocare."

"Un prete? Sei un cattolico praticante?

"No."

Non volevo aprire quel vaso di Pandora e credo che il tono della mia voce fu sufficiente a dissuadere Mitch. L'irritazione mi stava rendendo acido e dovetti lottare per rimanere seduto.

"Te ne sei andato da casa a quindici anni."

Non un giorno troppo presto.

"Molti ragazzini che giocano a hockey vengono selezionati e vanno ospiti presso nuove famiglie."

"Lo so. Parlami della famiglia con cui sei finito."

"Daisy, la madre, è sposata con George e hanno due figli, Emma e Tom. Sono stato molto bene con loro fino a quando, dopo essere stato preso dai Raptors, mi sono trasferito in Arizona."

"A casa tua, in Canada, non eri felice?"

"Non l'ho mai detto."

Mitch aggrottò la fronte e scosse la testa. "I Raptors sono una squadra dura." Non approfondì e io non avevo intenzione di rivelare nulla. "Sei ancora vicino alla famiglia che ti ha ospitato?"

Alla fine dell'incontro, Mitch sapeva molto poco del vero me. Non gli avevo raccontato molto dei miei primi quindici anni o di come fossi stato sorpreso a baciare il nipote del prete o, ancora, del perché non fossi più cattolico. Cazzo, non gli avevo neppure detto che Aarni era il mio ragazzo, anche se lo avevo informato di essere gay. Non aveva battuto ciglio a nessuna delle cose che mi ero degnato di condividere con lui e io ero soddisfatto di me stesso e mi sentivo davvero più calmo, quindi, forse, c'era qualcosa di buono in quelle chiacchiere.

"Grazie per essere venuto a trovarmi," concluse Mitch e ci stringemmo la mano. Ero già in corridoio, diretto alle scale, quando mi disse: "Venerdì alla stessa ora?"

Accennai un gesto senza davvero confermare che ci sarei stato. Era tutto quello che riuscivo a fare in quel momento. Ero esausto per lo sforzo di evitare la verità e dribblare il passato e mi faceva male la testa.

Non aiutò quando Ten mi bloccò vicino agli armadietti mentre tiravo fuori la felpa che aveva sostituito il mio giaccone.

"Controlla il telefono. C'è un invito per un party di precampionato a casa nostra. Birra, chiacchiere e credo che Jared farà il barbecue."

"Non so se riuscirò a esserci," risposi d'impulso, poi mi resi conto di cosa avevo fatto. Non aveva ancora parlato di una data e io mi ero già sputtanato. L'ultima cosa che volevo era fare vita sociale con la squadra: quando i Raptors si vedevano al di fuori del campo era sempre una scusa per ubriacarsi e prendere di mira chiunque mostrasse delle debolezze. E il portiere tranquillo era l'obiettivo preferito di tutti. In ogni caso, me la cavavo bene quando si trattava di reagire su due piedi: "Devo lavarmi i capelli," dissi in tono scherzoso, trasformando il momento in una battuta.

L'espressione di Ten passò da confusa a divertita in un millisecondo e ci scambiammo un colpetto con il pugno.

"Domenica alle quattro. I dettagli sono sul telefono."

Dopo di che se ne andò con indosso la sua bella giacca dei Railers. Guardai il mio stupido pile dei Raptors e lo rificcai nell'armadietto.

Era probabile che non sarei rimasto a lungo con la squadra, ma potevo comunque prendermi una delle loro giacche e poi rivenderla su eBay quando mi avrebbero cacciato.

Avevo ancora due partite di precampionato per dimostrare di non essere un pacco e rafforzare la mia posizione come legittima riserva di Stan. E c'era un party con la squadra da superare senza sembrare un idiota.

Tutto quello a cui riuscivo a pensare, tuttavia, erano Aarni e la bionda o lo sconosciuto che aveva risposto al telefono o Gatlin con la sua voce morbida e il suo sguardo gentile.

E non ne potevo più.

OTTO

Gatlin

"Tu viene."

Alzai lo sguardo sul russo a cui stavo colorando un nuovo tatuaggio. Lui mi guardò a sua volta.

"Tu viene."

"Stan, apprezzo l'offerta, ma è un po' all'ultimo minuto. Potrei avere altri progetti per quella sera."

"Che progetto? Hai progetto migliore di party con noi?" incalzò lui fissandomi. Tornai a rivolgere la mia attenzione al blu pallido che stavo aggiungendo al coniglietto sul suo polso. Un coniglietto blu. Tutto peloso e adorabile, con il nome di suo figlio Noah inciso in mezzo ai fiori tra cui la bestiola si aggirava. Beh, in realtà il figlio era di Erik, ma che qualcuno osasse dirlo a Stan. O a sua madre. Quel ragazzino era loro tanto quanto di Erik.

"Non ho detto di avere progetti, ho detto che potrei averne. Tutto bene?" Alzai di nuovo lo sguardo sollevando l'ago dalla pelle dopo che aveva mosso la mano. "È doloroso all'interno del polso, vero? In tanti si lamentano. Se vuoi possiamo fare una pausa."

"No, è bene interno di polso. Devi venire. Grande party. Portiamo mamma e Noah. Molti moglie e bambini. Solo una birra perché allenamento duro per nuova stagione. Molto bello. Tu viene."

Sospirai. "Stan..." Non era che non ci volessi andare, anzi. Amavo i ragazzi della squadra ed ero lusingato dal fatto che mi ritenessero parte della loro cerchia ristretta. Ma dove c'erano i Railers, c'era di sicuro Bryan e quel maledetto casino tra noi doveva ancora essere risolto. Perché? Beh, a quanto pareva, il tatuatore grande e grosso non aveva le palle per chiamare il portiere o viceversa. Quel bacio aveva alzato il livello da semplice attrazione a scopami-subito e non ero sicuro che Bryan fosse d'accordo con...

"Hai faccia di sciocco."

"È quella con cui sono nato," scherzai per nascondere il mio calo di attenzione.

Stan rise, poi piegò la mano per scacciare il formicolio.

"Tu vecchio sexy."

"Grazie." Feci una risatina e mi raddrizzai per alleviare i dolori muscolari causati dalla posizione.

"No vecchio. Vecchio come giovane, ma no vecchio che uccello non funziona più bene. Capisci? Ho fatto chiaro come giornata di sole che picchia su faccia."

Non avevo idea di cosa avesse appena detto. "Sì, chiaro come giornata di sole che picchia su faccia."

"Ah, noi parla bene. Tu intelligente. Intelligente come vecchio. Quindi, tu viene."

Incrociai le braccia sul petto, stringendo la macchinetta nella mano destra coperta dal guanto di lattice. "Hai intenzione di continuare a tormentarmi finché non mi arrendo?"

Annuì deciso. "Io tormento molto tanto. Tu viene, vedi amici, mangia buono. Tieni piccolo Noah su ginocchia. Tu viene."

"Va bene, mi arrendo." Alzai le mani. "Ci sarò. Mandami le indicazioni per arrivare a casa di Tennant e Jared."

Il suo sorriso fu ampio e sincero. "Bene che tu viene! Tu vedi. Tutti si divertono tanto."

Dubitavo che domenica sarebbe stato un gran divertimento, ma sempre meglio che stare seduto a fissare il giaccone di Bryan accarezzandomi l'uccello.

"Adesso fai lavoro di tatuaggio di Noah."

"Eri tu che continuavi a distrarmi," sottolineai con una risatina.

Il sorriso di Stan si allargò ancora. "Sì, ma adesso tu viene. Distrarre funziona tanto bene."

A rrivò la domenica ed ero quasi sicuro che ben poco sarebbe andato 'tanto bene', anzi nemmeno un po' bene. Mi sentivo stupido, vestito in modo inadeguato e stavo per bussare alla porta di Jared Madsen con il giaccone di Bryan sotto il braccio. Merda, forse sarei dovuto tornare in macchina e lasciarlo lì. Sì, buona idea. Feci una corsa all'auto, buttai dentro la giacca, dopo di che tornai all'ingresso e suonai il campanello. Riuscivo a sentire i rumori della festa anche da lì. Quando la porta fu aperta il suono delle risate di adulti e bambini si diffuse nella serata ottobrina.

"Gatlin, amico, sono contento che ci sia anche tu!" Tennant mi afferrò la mano, la strinse e mi tirò dentro l'appartamento arredato con gusto. "Ehi, l'uomo dei tatuaggi è arrivato."

Tutti i presenti mi salutarono. Alzai una mano per ricambiare e il mio sguardo attraversò la stanza e si posò su Bryan che era in piedi vicino a un vecchio pianoforte a muro. Vederlo mi fece mancare il respiro. Come era possibile che fosse ancora più bello dell'ultima volta? Con in mente solo quel bacio tempestoso, me lo mangiavo con gli occhi da lontano mentre chiacchieravo con Ten e Jared. Passarono due ragazzini di corsa e uno finì contro la gamba di Ten, ma proseguì senza problemi.

"Sì, sto usando tutto il mio fascino per convincere Bryan a unirsi al nostro gruppo Pokemon, ma non vuole cedere. Pensi di potergli spiegare che tatuarsi non fa male?"

Guardai Tennant inarcando un sopracciglio e il ragazzo ebbe la decenza di arrossire.

"Va bene, sì, *un po'* fa male, ma lui esita perché… boh, non so perché. So che lo vuole perché, dai, sono i Pokemon, ma ogni volta che ne parliamo cambia espressione e si rabbuia."

"Forse non vuole tatuarsi. Non a tutti piacciono, Tennant," intervenne Jared posandogli la mano sul collo possente, proprio sopra il suo tatuaggio.

"Può essere, ma credo che se ne parlasse con un professionista…"

"E va bene, vado a farci due chiacchiere."

"Grande!" Ten e io ci toccammo le nocche e mi avviai verso Bryan. A ogni passo, però, venivo fermato dai giocatori o dalle loro mogli, molti dei quali erano miei clienti, finché circa un quarto d'ora dopo mi trovai di fronte all'uomo che turbava i miei sogni da giorni.

"Sei popolare," disse lui. Aveva in mano una bibita all'ananas.

Non ne avevo mai vista una. "È una cosa canadese?" domandai indicando la lattina gialla con la mia vecchia Coca.

"Non che io sappia. Stan mi ha detto che è un classico americano."

"Forse Stan non è la persona più indicata per parlare di ciò che è americano."

"Probabile." Alzò gli occhi dalla lattina, i nostri sguardi si incontrarono e rimasero agganciati. "Immagino che ti stia chiedendo perché me ne sono andato l'altra sera."

"No, ne ho un'idea abbastanza chiara: ti ho spaventato."

I suoi begli occhi si dilatarono per un istante. Poi espirò e fu un suono pieno di disperata tristezza. "Sì, in un certo senso."

"E, in un certo senso, anche tu mi spaventi."

Il suo sguardo si fece un po' più caldo. L'impulso di avvicinarmi e appoggiare la bocca sulla sua diventò pressante. Lo avrei fatto e al diavolo le conseguenze, se non fosse stato per tutti i bambini che correvano in giro con i loro bastoni da hockey gonfiabili decorati con la locomotiva a vapore dei Railers.

"Ho la tua giacca."

"Sì, lo so."

Stava filando tutto liscio, se si può definire così lanciare una macchina verso una scarpata.

"Scommetto che senza hai freddo."

Scrollò le spalle.

Ero combattuto tra il desiderio di succhiargli la lingua e quello di scuoterlo come una maraca. Entrambi avevano i loro pro.

"Gatlin."

"Bryan."

Sbattemmo gli occhi dopo aver parlato nello stesso momento. Approfittai del silenzio imbarazzato che ne seguì.

"Bryan, che ne dici di finire di bere e andare a parlare da qualche parte? Credo che ce ne sia davvero bisogno."

Annuì piano, ma con convinzione. Inutile dire quanto quel cenno del capo mi riempisse di gioia. Dietro di me un bambino cominciò a piangere, voltai la testa e vidi Erik, il compagno di Stan, che cercava di calmare il figlio agitato, ma il pianto del bimbo si stava trasformando in una vera e propria crisi a giudicare dall'aumento del volume.

"Io pensa che ha aria nel pancino," annunciò Stan ai presenti. Diverse persone, probabilmente genitori, ridacchiarono e il resto di noi si limitò a sorridere. "O è arrabbiato per brutta musica di radio. Tennant suona bella canzone di bambini."

"Beh, non posso inventarmela dal niente," rispose Ten.

"Suona qualcosa per il ragazzino, potrebbe calmarlo," intervenne Jared mentre i lamenti di Noah si facevano sempre più forti. "Ryker adorava quando qualcuno cantava per lui."

"Va bene, gli suono qualcosa. Portatelo qui." Tennant si fece largo e io mi spostai verso Bryan. Le nostre braccia si sfiorarono e fui felice di vedere che lui non si era sottratto al contatto.

Ten sedette al piano e Jared gli posò le mani sulle spalle. Stan si accomodò sul divano ed Erik si piazzò dietro di lui. La gente iniziò ad avvicinarsi. Non avevo idea che Ten sapesse suonare il piano, anche se poteva aver accennato ad alcuni spartiti dei Panic! At the Disco durante una seduta al mio studio.

"Credo di avere una vecchia raccolta di canzoni della Disney," disse scartabellando tra diverse pile di carta pentagrammata.

"È dietro Bach," disse Jared. Ten gli sorrise ed estrasse il volume da dietro un mucchio di fogli sfusi ricoperti di note e scarabocchi. Per me poteva essere cinese: adoravo la musica, ma non ero in grado di leggere neppure un do.

"Si parte." Ten pigiò un tasto e Noah smise di piangere e tirò su con il naso. Stan gli asciugò le guanciotte con un fazzoletto. "Gli piace Winnie the Pooh?"

"Sì, piace grande Pooh e Pimpi. Anche Tigro!" rispose il russo, mentre si faceva saltellare il bimbo sulle ginocchia.

Parecchi dei bambini più grandi si fecero largo tra gli adulti. Ten sorrise loro e iniziò a suonare. Gli occhi grigi di Noah si spalancarono e il labbro inferiore smise di tremargli. Tennant, con una voce così bella da lasciarmi interdetto, cominciò a cantare qualcosa a proposito di andare su e giù e toccare per terra. Quando arrivò al secondo verso, ogni genitore presente nel grande appartamento si unì a lui insieme a parecchi dei bambini. Noah sbavava felice e gli occhi gli brillavano.

Le nocche di Bryan mi sfiorarono la mano. Gli gettai una rapida occhiata, ma non riuscii a capire cosa c'era nel suo sguardo. Sorpresa, forse, ma non solo. Voleva che gli prendessi la mano lì davanti a tutti? No, ero sicuro che non fosse così. Risposi solleticandogliene il dorso con l'indice. Contrasse appena le labbra. Ero emozionatissimo. Un uomo della mia età, e con precedenti pessimi nel campo delle relazioni, in preda all'emozione per qualcosa di così insignificante come lo sfiorarsi di due mani. Era una pazzia. *Io* ero impazzito.

Quando la canzone finì, Noah trillò deliziato, gli invitati applaudirono e Ten piegò la testa all'indietro appoggiandola sullo stomaco di Jared. Il nostro allenatore della difesa si chinò e baciò il suo ragazzo con una tale dolcezza da far male. Invidia pura.

"Vuoi che andiamo a parlare adesso?" mi bisbigliò Bryan all'orecchio.

"Certo."

Ci defilammo dal gruppo di uomini, donne e bambini e scivolammo fuori per la nostra fuga. Presi il giaccone dalla mia auto e glielo passai. Lui infilò le sue lunghe braccia nelle maniche con un sorriso incerto.

"Grazie."

"Allora, dove vuoi andare a parlare?"

"Mi dispiace per quello che è successo l'ultima volta che siamo stati insieme."

Okay, sembrava che avremmo parlato lì, nel parcheggio del condominio esclusivo di Jared.

"Anche a me," risposi. "Bryan, forse dovremmo spostarci in un posto meno pieno di spifferi."

Lui si guardò intorno come se si fosse dimenticato di essere all'aperto. "Sì, certo. Mmm, casa tua?"

"Va bene." Mi infilai in macchina dopo avergli rivolto un sorriso imbarazzato. Lui mi seguì con un'andatura tranquilla. Parcheggiammo di fronte al negozio, girammo sul retro – Bryan non si staccava di un passo – e salimmo per la scala di metallo che scricchiolava. Accoccolato sul tappeto di benvenuto c'era il gatto nero. Non sembrava avesse intenzione di muoversi, così aprii la porta e lo scavalcai.

"Devo lasciare aperto per il tuo micio?" domandò Bryan dopo essere passato di fianco al felino che dormiva sullo zerbino.

"Non è mio." Mi tolsi il giaccone e lo gettai sulla mia poltrona preferita, feci un respiro profondo e mi voltai. Bryan stava chiudendo piano la porta, come se avesse paura di prendere il gatto addormentato e la scena mi ispirò una profonda tenerezza. Riecco quella stupida emozione. Che cazzo, era un'idiozia! Si sarebbe potuto credere che non fossi mai stato baciato prima.

"Vuoi bere qualcosa?"

"No, non voglio avere le idee confuse e tra poco inizia anche la stagione." Si levò il giaccone e lo mise proprio dove lo aveva dimenticato la volta precedente. Non riuscivo a fare a meno di osservarlo: i jeans neri gli stavano molto bene, così come la camicia a maniche lunghe su cui aveva indossato un gilet grigio.

"Sei arrabbiato con me?"

"No, per niente. Forse un po' imbarazzato, se devo essere onesto," scherzai tirando il mio maglione preferito, un vecchio capo color ruggine che mi aveva regalato quello stronzo di Rex. "Questa è la mia idea di eleganza." Un vecchio pullover e Levis logori, tipico Gatlin.

"Hai un bell'aspetto. Voglio dire..." Si passò una mano sulla nuca. "Come se fossi vestito bene per una festa. Casual. Io ho sempre la sensazione di dover... ehm, fare di più."

Merda, era una situazione difficile: tra di noi c'era una corrente erotica innegabile, ma non avevo idea di come muovermi.

"Sediamoci." Ecco, quella era una buona idea. Sedersi era meglio che restare in piedi. Gesù santo, ero proprio un idiota.

Alla fine, dopo essere riusciti a scegliere della musica senza quasi guardarci in faccia – avevamo optato per un disco dei Rush – ci accomodammo uno di fronte all'altro.

"Li hai mai visti dal vivo?" domandò Bryan scegliendo con tranquillità la musica come argomento di conversazione. Chiacchierare di gruppi rock non era esattamente quello che speravo di fare, ma se lo metteva a suo agio, avrei parlato dei Rush tutta la notte.

"Una volta, alla fine degli anni Ottanta. Avevo otto o nove anni a quei tempi. Garrett, mio fratello maggiore, ne aveva diciannove e mi portò con sé, avevo fatto il diavolo a quattro per convincerlo. La mia sorellina, Gina, aveva due anni e voleva venire anche lei, ma Garrett non avrebbe mai portato una lattante a un concerto dei Rush. Fu il mio primo concerto rock e loro furono fenomenali."

"Tua sorella è poi riuscita a vederli suonare? Erano in tour appena qualche anno fa," disse Bryan e la sua conoscenza del mondo del rock mi colpì.

"No, lei… lei non è mai riuscita a vederli."

Fui io a fare la prima mossa e fu una mossa goffa, stupida, con un affondo maldestro che finì per farci urtare i nasi. Sì, volevo baciarlo per impedirgli di chiedermi come mai Gina non era mai riuscita a vedere i Rush.

Perché l'ho lasciata morire, ecco perché. Adesso chiudi qu ella cazzo di bocca, baciami e allevia il mio dolore.

Inclinò la testa, aveva il fuoco nello sguardo, poi si aprì per me quando mi avvicinai per provarci di nuovo. Mi arrampicai su di lui mentre la sua lingua mi esplorava la bocca e le sue mani scivolavano sotto il mio maglione. Premetti l'uccello contro il suo ventre piatto e sentii le sue gambe potenti allacciarsi alle mie mentre continuavamo a 'parlare'. I suoi baci mi eccitavano sconvolgendo i miei processi mentali finché non riuscii a pensare ad altro che alla sua pelle contro la mia, dalla testa ai piedi.

"Sei delizioso." Ansimai mentre lottavamo per liberarmi del maglione, poi fu la volta del suo gilet e della sua camicia. Quando fummo entrambi nudi dalla vita in su, mi prese la testa, con le mani grandi come piatti che mi bloccavano il cranio, e guidò la mia bocca sulla sua. Ci fermammo per respirare solo qualche minuto dopo. "Credo sia il sapore più estasiante che abbia mai raggiunto le mie papille gustative."

Lui sorrise e quel sorriso illuminò la stanza. No, probabilmente illuminò tutto il cazzo di isolato.

"Mi piace baciarti," disse, poi sospirò e mi tirò per il collo fino a quando le nostre bocche si fusero di nuovo. Lo leccai a fondo, strusciandogli contro l'uccello, e lui emise un lungo mugolio che quasi mi fece venire nelle mutande. Non sarebbe successo, non a un uomo che era prossimo ai quaranta.

"Dovremmo… merda!" ansimai cercando di staccarmi dalle sue labbra e trovandolo impossibile.

Gli carezzai il collo. Sentivo le sue mani massaggiarmi la schiena, i polpastrelli che affondavano nella carne, mentre io lo divoravo. Un formicolio familiare alle palle mi fece rinsavire quel tanto che bastava a tirarmi indietro. Mi lasciai andare contro lo schienale del divano con i polmoni che facevano gli straordinari per assorbire l'ossigeno necessario. Bryan era sdraiato lì, con la schiena appoggiata ai cuscini, le gambe aperte, le labbra turgide e il petto che pompava, come del resto faceva il mio. Gli misi la mano sullo sterno. Aveva una sottile striscia di peli neri che mi solleticò il palmo. "Adesso che ci siamo levati lo sfizio, dovremmo davvero parlare."

Bryan si passò la lingua sulla bocca tumida, poi annuì.

Bene. Okay. Avevo ripreso il controllo prima di mettermi in imbarazzo.

"Ho bisogno una birra," aggiunsi.

"Vai. Hai dell'acqua naturale?"

"Mmm, forse." Mi alzai, spinsi di lato l'enorme erezione che minacciava di farmi esplodere la cerniera e mi avviai, con qualche problema, verso la cucina. Dovetti rovistare in giro per trovare una bottiglia d'acqua, ma ci riuscii e tornai a sedermi al suo fianco.

"È al kiwi. Deve avermela lasciata Jess. Si impegna molto per convincermi a prendermi più cura di me stesso." Gli passai la bottiglia e svitai il tappo della mia birra.

"Non sono sicuro di aver mai assaggiato un kiwi," disse lui a mezza voce, comodamente appoggiato ai cuscini. Io mi puntellai, poggiando i gomiti sulle ginocchia, con la bottiglia che mi penzolava dalle dita. Dovevo trovare il modo di spingerlo ad aprirsi un po'.

"Neppure io. Quando hai scoperto che ti piacevano il rock classico e il metal?"

Bryan sorseggiò l'acqua, fece una smorfia che mi strappò una risatina e me la restituì.

"Scusa, ma è orribile, e sì che ho buttato giù bevande proteiche davvero schifose in vita mia."

"Non ti preoccupare, non lo dirò a Jess. Allora, il metal, raccontami come sei finito tra le sue braccia seducenti."

Tornai ad appoggiarmi allo schienale del divano. Lui mi guardò con un'espressione strana. "Mi piace come descrivi le cose, tipo definire seduttivo il rock. In qualche modo lo è, no? Voglio dire, i testi sono così puri, così brutalmente autentici, che devi arrenderti per forza."

"Esatto. Prendi i Rush per esempio. Se ascolti

davvero le parole di *Free Will*, per dirne una, devi essere…"

Prima che potessi finire la frase, Bryan si avventò di nuovo sulla mia bocca. Fu un peccato perché stavo per formulare un'osservazione interessante, ma, sul mio onore, quando sentii la sua lingua intrecciarsi alla mia, non fui più in grado di ricordare cosa volessi dire.

Questa volta fu lui a schiacciarsi contro di me, spingendomi contro il bracciolo del divano e infilando le gambe tra le mie. Ci sapeva fare. I suoi baci erano affamati. Famelici persino. Sentivo il rigonfiamento del suo uccello premermi contro il bacino. Entrambi respiravamo con il naso perché non osavamo interrompere il bacio. Lo desideravo come non avevo desiderato un altro uomo da… forse mai. Gli carezzai le braccia, inebriato dal profilo dei suoi bicipiti, mentre lui spingeva il suo lungo sesso duro contro di me. Anche il mio era turgido. Strisciarsi e sentirsi in quel modo era piacevole, ma dopo qualche altra lunga passata della mia lingua sulla sua, arrivò il momento di scegliere se passare a un livello successivo o fermarci.

Fui io a prendere l'iniziativa e spinsi la mano tra i nostri corpi in cerca della sua cerniera. Sentire la sua erezione sotto il palmo mi strappò un gemito soffocato. Bryan diede un colpetto con i fianchi che mi permise di trovare la zip e abbassarla. Da impaziente quale sono, gli infilai subito la mano nei pantaloni, spostai l'elastico degli slip e sfiorai la punta del suo membro. Una scia di liquido preseminale mi inumidii le nocche mentre cercavo la base del suo uccello. Feci appena in tempo a circondarla con le dita che lo sentii irrigidirsi.

Imprecando in silenzio, lo lasciai andare e lui rotolò via, si appoggiò su un ginocchio e poi, in modo maldestro, si alzò in piedi. Sdraiato lì, duro come un paletto, a corto di fiato e con le palle pesanti per il desiderio, lo guardai e mi domandai se stesse per fuggire un'altra volta. Sostenni il suo sguardo, poi lentamente mi alzai e mi mossi verso di lui. Lo raggiunsi, gli passai le dita sulla gola, sul collo e gliele avvolsi attorno alla nuca. Non gli avrei permesso di scappare senza provare a tentarlo almeno per un'ultima volta. Si avvicinò alle mie labbra e io mi assicurai che fosse uno dei baci migliori che avessi mai dato.

NOVE

Bryan

Quando ci separammo, mi resi conto di non essere il solo a cui quei baci avevano dato alla testa. Gatlin aveva il viso arrossato e sorrideva. Si avvicinò per continuare.

Io, invece, riuscivo solo a pensare al cazzo di casino che avevo combinato. Stavo con un uomo e ne avevo baciato un altro. *'Merda, la mia testa è un caos.'*

Ero mortificato. Non avrei dovuto lasciarmi andare tra le braccia di Gatlin, e il rimorso per averlo coinvolto combatteva contro l'eccitazione. Quella storia di baciarsi e scappare, tuttavia, stava diventando vecchia e gli dovevo una spiegazione. Mi liberai dalla sua stretta e indietreggiai finché le mie chiappe sbatterono contro il tavolo.

"Mi dispiace." Mi mancavano le parole per giustificare quello che stavo per dire.

Gatlin si avvicinò, le labbra piegate in un sorriso, lo sguardo dolce e i tatuaggi nitidi nella luce che proveniva dalla cucina.

'Chissà cosa significano. Ne ha così tanti.'

Avrei voluto domandarglielo, ma non era il momento giusto per quel genere di intimità. Prima dovevo chiarire le cose tra noi. Gatlin mi scatenava dentro sensazioni incredibili, molto più forti del sesso clandestino che facevo con Aarni, il quale non mi baciava, non mi abbracciava e, soprattutto, non avrebbe mai passato dieci minuti a percorrere le linee del mio corpo. Il sesso con lui era duro e veloce, doloroso e rabbioso. Lui imponeva la sua autorità su di me, come se il sesso fosse tutto lì.

E io lo accettavo perché era così che credevo dovesse essere una relazione. Aarni era il mio unico riferimento su ciò che ci si doveva aspettare da un uomo.

Con Gatlin, invece, non ci eravamo neppure avvicinati al letto, eppure sarei stato pronto a giurare di aver provato di più in quei pochi minuti con lui che nei tre anni trascorsi *insieme* a Aarni.

"Ho un ragazzo," confessai, per poi restare fermo in attesa di un'esplosione di rabbia.

Gatlin smise di avvicinarsi. Si bloccò a circa mezzo metro da me e l'affettuosa eccitazione del suo viso si trasformò in terribile comprensione.

Chiusi gli occhi, sapendo di meritare qualsiasi cosa quell'uomo avrebbe deciso di rovesciarmi addosso. Avrei accettato il suo odio e la sua rabbia se lo avessero aiutato ad sentirsi meglio e superare quello che avevo fatto.

"Gesù. Okay, ascolta, sono cose che capitano. Va tutto bene," disse.

"No, non va tutto bene. Non avrei dovuto lasciare che la situazione arrivasse a questo punto." Aarni aveva ragione, non ero altro che un rizzacazzi. Aprii gli occhi e vidi che Gatlin non si era mosso di un centimetro. Sembrava ancora scioccato, ma non c'era rabbia nel suo sguardo, piuttosto cautela, ed era calmo. Aveva i pollici infilati nei passanti della cintura.

Mi tirai su i calzoni e li abbottonai. Sentivo gli occhi pieni di lacrime. Desideravo la rabbia, invece non vedevo altro che comprensione, o forse indifferenza, come se nulla di ciò che avevamo fatto fosse abbastanza importante da sprecarci emozioni.

"Ho detto che va bene," mormorò.

"Riesco solo a combinare casini. Ho quest'uomo in Arizona, ma sono lo stesso venuto qui da te e ti ho illuso. Cazzo." Mi passai una mano tra i capelli e strinsi con forza. "Hai tutti i diritti di essere arrabbiato."

"Non sono arrabbiato."

Mi irrigidii sentendo il tono perplesso della sua voce. "Dovresti." Alzai il mento e tirai indietro le spalle. "Puoi arrabbiarti, dire quello che vuoi. Ti ho illuso e lo sopporterò."

Gatlin socchiuse gli occhi. "Non capisco cosa vuoi." Era confuso. "Mi hai baciato solo per confessarmi di avere un ragazzo e farmi arrabbiare?"

"No! Sì… Cazzo, non lo so."

"Non ti mentirò. Ho trentotto anni e non avrei mai creduto di poter provare un'attrazione così immediata come quella che sento per te. Sono triste, certo, ma la colpa non è tua. Ho interpretato male la situazione, ma sono un adulto. Va tutto bene." Si girò, raccolse la maglietta e se la infilò, coprendo il bell'angelo che aveva sulla schiena. "Dai, ascoltiamo un po' di musica e raccontami della partita di domani. È la prima ufficiale della stagione e non vedo l'ora di scoprire come se la caveranno i Railers quest'anno."

Ascoltai le sue parole, la mancanza di emozioni forti, l'accettazione e qualcosa dentro di me scattò, il mio cuore che doleva per l'intensità di quel sentimento.

"Non posso," risposi. "Devo andare."

Gatlin si avvicinò, ma lo evitai, mi girai per infilare la camicia e la giacca e con quelle maledette lacrime che minacciavano di scendere, mi avviai alla porta. Gatlin non provò a fermarmi, rimase a guardarmi, pensieroso.

"Non devi andartene." Mi mostrò le mani. "So tenerle a bada." Sembrava che stesse cercando di alleggerire la tensione, ma era tutto sbagliato. Avevo bisogno di più. Fuoco, passione e rabbia.

Sono davvero un disastro.

"Devo andare a letto presto," dissi con voce piatta. "Grazie."

Mentre mi allontanavo dal negozio, sentivo il peso dello sguardo di Gatlin sulla schiena. Sapevo che mi stava osservando dalla finestra.

Per quello evitai di piangere finché non fui al sicuro nella mia auto.

Quando raggiunsi il mio appartamento, mi sentivo a pezzi, esposto, e mi girava la testa. Dovevo raccontare ad Aarni quello che era successo, era suo diritto sapere che mi ero permesso di provare qualcosa per un altro uomo. Così tirai fuori il cellulare dalla tasca e lo fissai a lungo.

Alla fine chiamai. Rispose al terzo squillo, proprio quando mi aspettavo che scattasse la segreteria telefonica.

"Bryan," urlò per sovrastare il rumore che lo circondava. Sembrava una festa, probabilmente era per celebrare l'inizio del campionato, come succedeva ogni anno. Solo che le feste dei Raptors erano selvagge, non come quelle dei Railers a cui partecipavano le famiglie, i bambini e c'era qualcuno che suonava il piano. Loro avevano un DJ e anche se presto sarebbero tornati in campo, qualche giocatore avrebbe bevuto molto, compreso Aarni.

"Cosa sono per te?" urlai in modo che potesse sentirmi nonostante il frastuono del party.

"Cosa?" urlò lui di rimando.

"Cosa. Sono. Per. Te?" ripetei con la voce più alta e chiara possibile.

Non ebbi risposta, il suono della gente nella stanza mi riempiva le orecchie. Poi il casino si attenuò e capii che Aarni si era spostato in un posto più tranquillo. Conoscendolo doveva essere un bagno. Si vantava spesso di aver fatto le sue migliori scopate in bagno. Avevo perso il conto delle volte che mi aveva portato nei cubicoli del palazzetto.

"Che cazzo, Bryan? Cosa vuoi sapere?"

Non riformulai la domanda. "Cosa sono per te? Un compagno, un amante, un ragazzo?"

Aarni si lasciò scappare una risata odiosa. "Sei una bella scopata, ragazzino. E lo sai."

"Ma…?"

"Che cazzo vuoi che ti dica? Sono a una festa, merda." Sembrava infuriato.

Riagganciai. Mi sentivo in colpa, ma anche arrabbiato e insoddisfatto.

L a stagione era cominciata col botto anche se io scaldavo la panchina. Su quattro partite i Railers avevano ottenuto tre vittorie. Non avevo più avuto notizie da Aarni e nemmeno da Gatlin dopo quella famosa notte, ma andava bene così. Ero venuto a patti con l'idea di aver compromesso per sempre il rapporto con il tatuatore, mentre, per quanto riguardava Aarni, mi accompagnava una quieta disperazione che mi permettevo di esaminare nei momenti in cui il mio cervello non era occupato con l'hockey. Il fatto che la stagione prevedesse un giro sulla West Coast, con i Raptors come prima fermata, non era certo d'aiuto. Poiché le due squadre facevano parte di gironi diversi, si sarebbero incontrate solo due volte durante quel campionato, una all'andata e l'altra prima di Natale. Temevo le due partite, ma sapevo di doverle affrontare. E forse quella notte Aarni mi avrebbe voluto, se i Raptors avessero vinto in casa.

Perché sì, quello era il giorno della prima sfida.

Speravo di avere l'occasione di parlare con lui, faccia a faccia, per scusarmi, per urlare o chissà cos'altro. Mi mancava da morire. E mi mancava anche la squadra.

Inoltre, temevo per il mio posto nei Railers.

Aveva ragione Aarni quando, durante l'estate, mi aveva messo in guardia? Ero solo un rimpiazzo finché non avrebbero trovato una riserva vera? E Ten era davvero una brutta persona, una celebrità lunatica e viziata che riusciva sempre a ottenere ciò che voleva? Era vero che i Railers erano riusciti a vincere la Stanley

Cup solo grazie ai loro imbrogli? Oppure era Aarni ad avere torto?

Confusione e mancanza di fiducia in me stesso mi tenevano compagnia nelle notti più buie e odiavo entrambe con passione.

In qualche modo ero riuscito a rimanere concentrato durante l'allenamento sul campo dei Raptors. Sul ghiaccio, mentre osservavo il soffitto familiare o passavo davanti allo spogliatoio della squadra di casa per raggiungere il nostro, non dissi una parola, ma nessuno me lo fece notare. Neppure Ten che, durante l'allenamento, era rimasto tutto il tempo nei pressi della mia porta, un po' provando i tiri su rimbalzo e un po' fissandomi.

I Raptors erano lì, nello stesso edificio. Quella mattina avevano fatto un'ora sul ghiaccio, ma non avevo ricevuto messaggi da Aarni, neppure un ciao. Non una parola.

L'allenatore chiamò me e Stan per una riunione prepartita. Era presente anche Gagnon e aveva un'espressione molto seria.

"Bryan, oggi giochi tu," disse il coach Benning, prima di appoggiarsi allo schienale e guardarmi. Cosa si aspettava che facessi? Che urlassi per l'emozione di affrontare il mio debutto con i Railers sul campo dei Raptors? Che scoppiassi in lacrime dicendo che non ero pronto? Che avessi paura di affrontare la mia vecchia squadra? Non provavo nulla. Né paura, né entusiasmo, né tristezza.

"Sono   elettrizzato   per   questa   opportunità,"

mormorai. Era la frase perfetta e l'avrei usata più tardi con i giornalisti.

Dopo aver mandato tutto a puttane e perso la partita.

"Tu conosce squadra," commentò Stan con entusiasmo, dandomi una pacca sulla schiena.

"Certo." Mi sforzai di usare un tono simile al suo.

"Guarda video," continuò il russo e l'allenatore Gagnon aprì il laptop. Rimanemmo seduti per un po', guardando gli highlights dei tiri dei Raptors nelle prime partite della stagione. Finora avevano perso due volte su due e sapevo cosa significava. Avrebbero fatto di tutto pur di ottenere una vittoria.

Volevo mettere in guardia Stan sulle schifezze che facevano e su quanto odiavano i Railers. O almeno su quanto li odiava Aarni. Ne avevo parlato a Connor, il capitano, lui mi aveva ascoltato, poi lo avevo colto lanciare un'occhiata a Ten.

Ten era sempre il bersaglio delle altre squadre, l'uomo che volevano eliminare per mettere tutti allo stesso livello. I Railers, tuttavia, non avevano solo lui, noi eravamo una squadra e tra meno di due ore io avrei dovuto difendere la nostra porta.

Inquieto, lasciai lo spogliatoio degli ospiti, girai a sinistra allontanandomi dall'accesso principale alla pista e mi avviai su per le scale che conducevano al tetto. Era sempre stato uno dei miei posti preferiti nel palazzetto dei Raptors, con la sua vista su tutta Tucson e oltre. Scattai un paio di foto con il telefono per avere un ricordo di quel posto. Avrei potuto mostrarle a Gatlin.

Come a un amico.

"Ero sicuro di trovarti qui."

Mi voltai. Aarni era appoggiato allo stipite della porta con un ghigno sul volto. Mi apparve davanti agli occhi l'immagine di Gatlin. Scossi la testa per liberarmene. Il tatuatore era più magro, con i muscoli meno pompati, la pelle marchiata dai colori e un'espressione felice. Lì, invece, c'era Aarni, più alto di me, più grosso, e per niente contento. Anzi, sembrava incazzato e per un momento sentii di meritare la sua rabbia. Dovevo scendere da quel tetto, tornare allo spogliatoio, indossare la divisa ed entrare nello spazio mentale della partita. Così mi avviai verso la porta aspettandomi che lui si spostasse.

Non lo fece. Mi afferrò il braccio e mi trattenne. "Vediamoci dopo la partita," disse senza lasciarmi la possibilità di rifiutare. "Sarà bello fare quattro chiacchiere."

"Vuoi dire scopare," dissi con un filo di voce e sussultai quando lo sentii stringere la presa. Provai a scivolare via, ma non me la sentii di spingerlo con troppa forza. Mi schiacciò contro il muro e mi bloccò appoggiandomi una mano sul petto e afferrandomi i capelli con l'altra. Tirò verso l'alto costringendomi a esporre la gola e io rimasi in attesa. Non mi avrebbe baciato. Era solo che gli piaceva quando non potevo muovermi.

"Potremmo scopare adesso," suggerì.

Lo spinsi per liberarmi, ma lui alzò il braccio e me lo premette contro la gola. L'ultima volta che mi aveva scopato, aveva stretto così forte che mi si era appannata la vista e puntini neri avevano cominciato a danzarmi dietro gli occhi. Il ricordo della paura di quel momento mi mozzò il respiro e mi irrigidii nella sua presa.

"Lasciami," dissi. Anzi supplicai.

"Ricordati chi si è preso cura di te," ringhiò e mi tirò i capelli con più forza mordendomi la gola.

Dovevo andarmene. Volevo dirgli che non avevo bisogno che si prendesse cura di me, che ai Railers non avevo bisogno che nessuno si prendesse cura di me, ma non mi ascoltava nonostante mi sforzassi di mettere insieme le parole. Mi costrinse a girarmi e il muro mi raschiò il viso. Continuava a stringermi la gola e sentii la sua erezione premermi contro i glutei.

"Che cazzo sta succedendo?" gridò qualcuno e con un'ondata di paura riconobbi la voce di Ten. "Lascialo!"

Aarni fece una risatina cupa. "Guarda un po' se non è il ragazzo prodigio," disse. "Vattene!"

Mi spostai meglio che potevo contro i mattoni, incontrai lo sguardo di Ten e vidi la sua preoccupazione trasformarsi in rabbia.

"Ce ne andiamo tutti e due," scattò.

"Vaffanculo," rispose Aarni con livore.

Ten infilò una mano tra i nostri corpi e, in qualche modo, riuscì a inserirsi tra di noi e separarci.

"Ce ne andiamo tutti e due," ripeté con voce calma, ma ferma.

Riuscii a uscire da dietro di loro e afferrai il braccio di Ten. Temevo che Aarni potesse colpirlo e spingerlo giù dalle scale. "Andiamo, Ten," supplicai mentre i due si fronteggiavano.

Sentii ancora la risata cupa di Aarni. "Ci vediamo sul ghiaccio, ragazzi."

Guidai Ten giù per i gradini e lui mi seguì in silenzio fino a che raggiungemmo la porta dello spogliatoio. Lì mi fermò appoggiandomi una mano sul braccio.

"Vuoi denunciare quello che è successo? Posso chiamare Jared."

Sbuffai una mezza risata. Non aveva capito nulla. Quello che era successo lassù era colpa mia e lo avevo quasi coinvolto in una situazione in cui non avrebbe dovuto trovarsi. Poi, un pensiero improvviso.

"Che ci facevi sul tetto?"

"Ti ho seguito perché volevo parlarti, poi ho visto Aarni venire su, ho pensato a come ti sei comportato negli ultimi giorni e ho deciso di capirci di più," spiegò come se fosse una cosa normale che un compagno di squadra controllasse come stavo.

"Come mi sono comportato? Che vuoi dire?"

"Quieto, pensieroso, non sei più tu da quando hai lasciato la festa insieme a Gatlin. Ha fatto qualcosa che ti ha disturbato? Devo parlarne con Stan? O il problema è Aarni? È il tuo ragazzo?"

Troppe domande e sentii girarmi la testa mentre guardavo l'espressione sincera di Ten.

"Non c'è nulla di cui preoccuparsi. Sto bene." Aprii la porta. Dovevo prepararmi, concentrarmi e Ten era nel mio spazio e si stava facendo coinvolgere dai miei casini. Non andava bene.

Q uando iniziammo il riscaldamento in pista, non mi staccai dalla mia porta e non guardai mai dalla parte dei Raptors. Ogni squadra aveva a disposizione metà campo per pattinare e provare i tiri e Stan e io ci alternammo in porta. Ten mi venne vicino, mi diede un colpetto con il bastone sulla gamba e mi sorrise. Io ricambiai il sorriso sperando che risultasse abbastanza vero da rassicurarlo. Su quel tetto l'indecisione mi aveva paralizzato, poi era arrivato lui a dire ad Aarni di stare lontano.

A chiedere cosa stesse succedendo.

Rientrammo negli spogliatoi, presi il cellulare e mandai un breve messaggio a Gatlin. Una cosa semplice che avevo bisogno di dirgli.

Voglio vederti. Baciarti. Ho bisogno di parlare.

Poi, con la confusione, l'orgoglio, la paura e la speranza che si contendevano i miei pensieri, rientrai in pista per la partita e andai a prendere posizione fra i pali. La folla fischiò quando la nostra squadra uscì: i tifosi avversari volevano farci sentire il loro disprezzo. I fischi più forti furono per Ten che, in qualche modo, doveva esserci ormai abituato. Venne anche mandato un video che raccoglieva le mie penose prestazioni con i Raptors, ma tutto quello che sentivo era il rumoreggiare della folla e volevo che finisse.

Il primo tiro che fecero nella mia porta entrò. Aarni mi passò vicino con quel suo sorrisetto e mi strizzò l'occhio.

Ten e Adler mi raggiunsero e mi fecero un cenno con la testa per rassicurarmi. Io guardai Stan in panchina.

Forse dovrebbe esserci lui qui. Manderò tutto a puttane, di nuovo. I Raptors vinsero l'ingaggio successivo e si ripartì. Ten prese possesso del disco, lo passò a Lee, che glielo restituì facendolo rimbalzare sulle balaustre. Tutti quegli esercizi sui tiri di sponda stavano dando i loro risultati e il disco si diresse verso il centro. Il loro portiere, colto alla sprovvista, riuscì a salvarsi, ma era proprio ciò di cui avevano bisogno i Railers: un tiro in porta dopo solo un minuto di gioco.

Misero Aarni su Ten a ogni cambio, ma Arvy protesse il compagno, facendo innervosire sempre di più Aarni fino a quando quest'ultimo perse il controllo e gli fece lo sgambetto, guadagnandosi due minuti di penalità e lasciando i Railers in superiorità numerica a pochi secondi dalla fine del primo tempo.

Dieter colse l'opportunità e segnò alla prima azione portandoci in parità.

Il secondo tempo fu frenetico, ma nessuno riuscì a superare il portiere dei Raptors o me. Eravamo delle saracinesche. Non sapevo cosa stesse succedendo quella sera, ma il ghiaccio mi parlava e intuivo ogni mossa degli avversari prima che la facessero. Poi me li ritrovai tutti addosso e Aarni mi colpì di proposito almeno due volte senza che gli fosse fischiato il fallo. Mi insultò abbastanza forte perché potessi sentirlo e le parole erano scelte per ferire.

Ignorai tutto.

Il terzo tempo fu quello di Ten, la sua linea segnò due volte, portandoci sul tre a uno, e sebbene gli avversari tentassero in ogni modo di eliminarne tutti i componenti, Ten, Troy e Lee ne uscirono vivi.

L'espressione sul volto di Aarni non lasciava dubbi: era furioso. Mi aspettavo che spaccasse in due il bastone picchiandolo sulla panchina e quando si accorse che lo guardavo si puntò due dita agli occhi.

Ti tengo d'occhio.

Avevamo vinto tre a uno, in trasferta contro i Raptors e anche io mi lasciai coinvolgere dall'atmosfera di festa sul volo del ritorno. Stavamo tornando a casa e avevo una sola cosa in mente. Non mi soffermai ad analizzare troppo i miei sentimenti, non pensai all'ansia che ancora mi si agitava dentro, ma estrassi il telefono e trovai un messaggio di Gatlin.

Mi manchi. E poi, ancora più importante, diceva quello che speravo: *Voglio baciarti ancora.*

Mi andava benissimo.

DIECI

Gatlin

Avevo fatto una check-list. Io. Una check-list. Se Garrett lo avesse saputo, le prese in giro non sarebbero mai finite. E accanto a ogni cosa sulla lista c'era un segno di spunta. *Tutto* era spuntato.

Cibo. Spaghetti con polpette fatte in casa e insalata. Casella barrata.

Vino. Un intrigante Primitivo. Casella barrata.

Musica. Priest, AC/DC, Sabbath e un po' di Emeron, Lake e Palmer nel caso l'atmosfera si fosse fatta più appassionata. Casella barrata.

Atmosfera. Luci basse e candele sul tavolo. Casella barrata.

Doccia, barba e un look elegante con jeans neri, camicia bianca e gilet di pelle nera. Casella barrata.

Preservativi (per ogni evenienza). Casella barrata.

Lubrificante (sempre per ogni evenienza). Casella barrata.

L'unica cosa che ancora mancava era il secondo elemento dell'equazione. Controllai il telefono per l'ottocentesima volta in un'ora. Come mai fossi così nervoso era un mistero: avevo la serata in pugno ed ero pronto a qualsiasi sviluppo. Mmm, molto allusivo... o era solo la mia mente perversa?

Un bussare secco alla porta mi strappò dai miei pensieri. Mi sistemai i capelli, espirai e andai ad aprire. Trovai Bryan sotto il piccolo portico con un sorriso esitante sul volto. Il randagio nero gli si stava strusciando contro le gambe.

"È in cerca di cibo. Vieni dentro," dissi facendogli cenno di accomodarsi. Era bellissimo, così alto e con quelle spalle larghe. "Gli do qualcosa e poi calo la pasta. Tu intanto levati la giacca."

"Allora entra anche lui?" sentii che mi domandava mentre prendevo i croccantini al tonno.

"No, continua a non essere mio, ma una sera abbiamo fatto una chiacchierata e abbiamo legato. Più o meno." Gli sorrisi e uscii a riempire il piattino del micio. Era una cosina carina, decorata con un pesce e orme di zampe. Lo avevo visto al negozio quando ero andato a comprare l'occorrente per la cena. Il randagio si avvicinò facendo le fusa e si gettò sul cibo. Lo accarezzai sulla schiena, solo una volta perché sapevo che se avessi insistito si sarebbe innervosito e sarebbe fuggito. Più o meno come l'uomo che mi aspettava in casa.

"Ecco fatto. Finito di mangiare si addormenterà in quella vecchia scatola con la coperta."

"Gli hai dato un nome?"

"No, non è mio."

"Adoro questo disco," disse cambiando argomento. Si riferiva a *Master of Reality* che usciva dalle casse. "Ozzy è uno dei miei cinque cantanti preferiti."

"Ah sì, Ozzy è un grande."

Bryan mi seguì in cucina. Rimisi nella credenza la confezione di cibo per gatti e mi lavai le mani. "Apri il vino, se ti va, altrimenti ci sono birre o bibite."

"Il vino va benissimo." Aprì la bottiglia e ne versò una giusta quantità nei calici che avevo preso in prestito da Jess. Quando mi passò il bicchiere, le nostre dita si sfiorarono. "Mi sento un po' a disagio."

"Forse questo può aiutare," risposi e gli diedi un bacio leggero.

Il suo sorriso rese più luminosa la luce delle candele.

"Possiamo parlare prima di buttare la pasta?"

"Certo." Accennai in direzione del soggiorno con il calice. Ci accomodammo e io abbassai di qualche tacca il volume di Ozzy.

"Okay, ho diverse cose da dirti." Le note di *Children of the Grave* si diffusero nell'aria mentre Bryan giocherellava con il calice, lo sguardo perso nel vino.

"Non c'è fretta." Gli carezzai il braccio con la mano libera e presi un sorso di quel Primitivo. Era delizioso. "Abbiamo tutta la notte."

Curvò le labbra in una specie di sorriso. "Avevo un ragazzo, Aarni."

Bene, registrai subito l'*avevo*, urrà per il passato. E Aarni? Si riferiva all'Aarni dei Raptors? Un giocatore di hockey? Non chiesi nulla e continuai ad ascoltare.

"Era uno stronzo, un maniaco del controllo, tossico, che non provava nulla per me. Io pensavo di sì... o, quantomeno, credevo di significare qualcosa per lui… ma non era così. Godeva a farmi soffrire e ad abusare di me.”

"Mi dispiace. So quanto fa male perdere qualcuno a cui tieni." Cavolo, se lo sapevo. Avevo nel cuore un buco grande come la Zamboni dei Railers e quella macchina per levigare il ghiaccio era davvero enorme.

"Beh, non si merita il mio dolore, ma… sì… fa male." Alzò gli occhi scuri dal vino e io mi ci persi per qualche minuto.

Come era stato possibile che un uomo della mia esperienza si fosse innamorato in maniera così totale e tanto in fretta?

"Quella parte della mia vita è conclusa. L'Arizona e Aarni appartengono al passato. Questa città e questa squadra sono ciò che conta per me adesso. Voglio rimanere con i Railers, sono un grande gruppo. Si prendono cura, si prendono *davvero* cura, gli uni degli altri. Voglio lottare per meritarmi un posto tra loro. È arrivato il momento di costruire qualcosa di buono, e non solo per ciò che riguarda il lavoro. Mitch ha detto che devo trovare ciò che mi soddisfa e mi rende felice e impegnarmi per mantenerlo. Tu e i Railers mi fate sentire bene, come se potessi essere di nuovo integro."

Me ne stavo lì, a fissarlo come una rana ubriaca. Le mie orecchie sentivano le parole, ma il mio cervello era incapace di dare loro un significato. Non ero sicuro di chi fosse quel Mitch, ma sembrava aver fatto a Bryan un discorso molto sensato.

"Stai dicendo che vuoi provare stare insieme a me?"

Annuì e si mordicchiò il labbro inferiore. "Sempre se

lo vuoi anche tu. Capisco perfettamente che ne hai le palle piene dei miei problemi, di come continuo a darmela a gambe ogni volta che ci avviciniamo. Se non mi vuoi, allora…"

"Bryan, forse dovremmo posare i bicchieri." Un'espressione confusa gli comparve sul viso. "Mi piacerebbe davvero portarti nella mia camera da letto e dimostrarti quanto ti voglio, ma mi dispiacerebbe rovesciare il vino. È troppo buono per finire sul pavimento."

La sua risposta fu un sorriso smagliante. Appoggiò il calice sul tavolino da caffè e io lo imitai. Poi mi misi in piedi e gli porsi la mano. Lui si alzò e intrecciò le dita alle mie. Dopo di che abbassò la testa per assaporare la mia bocca. Io gli leccai le labbra, volevo riempirgli la lingua del sapore di quel Primitivo.

Il percorso verso la camera fu lento. Ci fermammo a baciarci, toccarci, levarci i vestiti e non trascurai di mettere sul piatto del giradischi il capolavoro di ELP *Brain Salad Surgery* prima che ci lasciassimo cadere sul letto rifatto di fresco. Un altro punto della mia check-list. Anzi altri due.

Lenzuola pulite. Casella barrata.

Avere uno degli uomini più sexy che avessi mai visto, nudo, su quelle lenzuola di bucato. Casella barrata in rosso.

Quando dico sexy, intendo una bellezza virile, provocante, che mi abbagliava e mi lasciava incapace di ragionare. Era la forma atletica per eccellenza, simile alla scultura di un guerriero greco. Era alto, sodo, con i muscoli definiti. Dal petto, una scia di peli color mogano scendeva fino all'uccello, circondandolo con un cespuglio riccio. In mezzo alle lunghe gambe, gli penzolavano le palle, coperte da una peluria scura, e sembravano implorarmi di cullarle nel palmo della mano. Quell'uomo era un capolavoro di sensualità che per qualche strano motivo era finito nel mio letto, e io dovevo rendere omaggio a tale perfezione.

Scivolai su di lui, voglioso, ma qualcosa dentro di me mi suggeriva di andare piano. Tossico e violento erano le parole che aveva usato per descrivere il suo ultimo amante, quindi aveva bisogno di carezze delicate, affondi morbidi e tanta tenerezza e io potevo dargli tutto ciò. Iniziai a baciarlo, quasi timidamente. Aveva un'erezione, certo, il suo corpo era lì ed era coinvolto, ma volevo che ci fosse tutto di lui, non solo un cazzo duro.

Con calma, lo assaggiai, cercando di metterlo a suo agio come meglio potevo. Gli assaporai la bocca, l'incavo dei gomiti, le ginocchia e, sì, quelle meravigliose palle e poi gli presi in bocca l'uccello. Fu paradisiaco, il gusto salato del liquido preseminale mi riempì la lingua prima che lo prendessi tutto fino in gola. Lui muoveva i fianchi, roteando dentro di me. Volevo di più. Avevo bisogno di assaggiare ogni centimetro di quel corpo, e dovevo farlo quella notte perché sapevo che, in un modo o nell'altro, avrei mandato tutto a puttane e lui se ne sarebbe andato. Come Rex, come Gina e, probabilmente come quel cazzo di gatto nero che dormiva fuori dalla porta.

"Mmh, sì," gemeva intanto lui, mentre con la lingua risalivo dal membro al petto, titillandogli un capezzolo finché si inarcò verso di me, stringendo le lenzuola fresche di bucato. Gli presi il sesso tra le mani e lo carezzai: era ben dotato, lungo e largo. Quando si inarcava, si inarcava davvero, i talloni scavavano nel materasso e la schiena si alzava di una trentina di centimetri dal letto. Flessibilità, il tuo nome è Bryan Delaney.

Scivolai via da lui, ridendo, e a quel punto fu lui a venirmi sopra, quelle possenti gambe da pattinatore intrecciate alle mie, la bocca era calda e vogliosa. Lasciai che prendesse il controllo. Mi mordicchiò la gola, poi con la lingua seguì una linea di inchiostro giù lungo la spalla e il braccio. I sessi si toccarono, le mani si strinsero e i gemiti riempirono la stanza.

"Scopami," ansimai mentre gli afferravo le natiche. Muscoli sodi mi riempirono le mani, li strinsi con forza strappando una specie di grugnito all'uomo che si strusciava sopra di me.

Lui spostò la testa dal mio collo su cui aveva appena fatto un succhiotto che, temevo, mi sarei tenuto per almeno un paio di settimane. Non che per me fosse un problema, ma sospettavo che i miei dipendenti e mio fratello avrebbero avuto da commentare.

"Cosa? No. Non vuoi davvero…" Aveva un'espressione confusa. Il suo sesso era fermo di fianco al mio, schiacciati tra i nostri corpi. "Non l'ho mai fatto a… sei sicuro?"

"*Positivo*. Sono versatile. Scopami, Bryan, e la prossima volta, se vorrai, sarò io a entrare dentro di te."

Abbassò la testa per catturarmi la bocca, il suo corpo emanava un calore incredibile. Mi avvolsi intorno alle sue forme lunghe e forti, desideroso di sentirlo muoversi dentro di me. Quando il bacio si interruppe, ci mettemmo al lavoro per prepararlo: preservativo e lubrificante. Entrambi annaspavamo, ridacchiando della nostra inettitudine. "Guardami," dissi. Si portò il mio piede sulla spalla, spostando lo sguardo dal mio viso al mio culo mentre io mi infilavo dentro due dita. "Merda." Cazzo, era bello, e sensuale, lui che si inginocchiava tra le mie cosce, il suo uccello a pochi centimetri dalla mia apertura...

"Dio, è... sì, devi entrare adesso." Mi accorsi di sembrare autoritario. "Scusa, no, fai quello che vuoi." Estrassi le dita e lui le rimpiazzò subito facendo scivolare la grossa punta del suo sesso dentro di me. Dalla bocca mi uscirono dei suoni che *penso* fossero parole. Mi riempì, centimetro dopo centimetro, e intanto i suoi occhi marroni si muovevano su di noi, dal punto in cui eravamo uniti fino al mio volto, poi sul mio petto per tornare a dove il suo grosso uccello affondava in me.

"Voglio amarti", sussurrò, le sue lunghe dita avvolte intorno alla mia caviglia. "Non mi è mai stato permesso di amare un uomo in questo modo."

"Allora fallo, Bryan."

Si abbassò su di me, appoggiando il peso sulle mani, e mosse i fianchi. Mi guardò con attenzione mentre mi contorcevo e mugolavo di piacere. Sembrava perso in quella visione. Gli afferrai la nuca con entrambe le mani, roteai i fianchi e lo tenni stretto.

"Non trattenerti", sussurrai.

Non lo fece.

Mi scopò così forte da farmi urlare e, sentendomi, si fermò con un'espressione preoccupata.

"No! Cazzo, no, *non* fermarti. Amami, Bryan." Mi strinsi intorno al suo sesso e lui strabuzzò gli occhi per poi abbandonarsi al piacere del mio corpo che lo avvolgeva. Si mosse con grazia e potenza, affondando dentro di me più e più volte; i suoi gemiti e i suoi mugolii uno stimolo che alla fine contribuì a farmi schizzare su tutto il torace. Bryan diede altri due colpi poi esplose a sua volta. Cercai di aggrapparmi a lui, ma la nostra pelle era troppo sudata per avere una buona presa. Quando i tremori che lo attraversavano si placarono, si accasciò su di me. Gli baciai il viso, avvicinandogli le labbra alla guancia prima che si scostasse borbottando qualcosa che rimase sepolto nelle lenzuola sgualcite.

"Porca puttana," rantolai senza fiato. Chiusi gli occhi mentre lui si sdraiava al mio fianco, pelle sudata contro pelle sudata.

Bryan si girò verso di me e mi appoggiò la mano sul petto. Con la punta del dito spalmò alcune gocce di seme. Aprii gli occhi e lo guardai.

"Amo amarti," bisbigliò e mi baciò con passione prima di alzarsi per occuparsi del preservativo. Mentre lui era nel bagno in fondo al corridoio, mi alzai con attenzione, provando qualche leggera fitta. Mi guardai le dita dei piedi, lasciando che il mio corpo si raffreddasse e dando all'uomo un po' di privacy. Sentii il rumore dei passi leggeri che tornavano in camera da letto e riconobbi l'asse del pavimento vicino alla porta che scricchiolava. Bryan si sedette dietro di me e mi passò un panno umido. Ringraziandolo, mi pulii, poi gettai la salvietta nella cesta nell'angolo.

"Questo sulla schiena... questo tatuaggio è incredibile." Mi toccò la pelle con le dita provocandomi un brivido. "È un angelo meraviglioso. Cosa significa?"

Non avrebbe dovuto essere quello l'argomento della conversazione. Avremmo dovuto parlare di cose romantiche. Non di quello. Con il polpastrello ruvido percorse il profilo della lunga ala bianca, partendo dal centro della schiena e spostandosi fino alla spalla destra, in una carezza che mi rese difficile rimanere fermo.

"È mia sorella," dissi, pregando che Emerson, Lake e Palmer coprissero le mie parole. Lui si tirò su e si mise seduto. La sua mano era appoggiata sulla parte bassa della mia schiena, più o meno dove c'era la balza di tulle della veste di Gina. "È morta quando aveva dieci anni."

"Mi dispiace tanto." Si appoggiò a me, la spalla dietro la mia e mi stampò un bacio sulla gola. "Era malata?"

"No." Non ero sicuro di voler proseguire. Chi era quell'uomo alla fine dei conti? Avevamo scopato una volta e ciò non gli dava il diritto di rovistare nei miei segreti.

"Se non ne vuoi parlare..."

Alzai la testa e la girai fino a trovarmi davanti quei begli occhi tristi. "Se te lo dico, prometti di non lasciarmi stanotte? Non ti chiederò niente di più, solo questa notte."

Speravo che avrebbe parlato, ma si limitò a un cenno del capo, così lo interpretai come la promessa che sarebbe rimasto. Era tutto ciò che potevo chiedergli.

"Quando Gina aveva dieci anni, i miei genitori andarono in Virginia per un finesettimana e la affidarono a me. Garrett se ne era andato di casa già da alcuni anni e io ero all'ultimo anno delle superiori, prossimo a diplomarmi e a entrare in marina."

"È per quello che hai che disegni polinesiani sul braccio e tutta questa roba marinaresca qui?" chiese, picchiettandomi l'indice sul petto.

"Sì, mi sono fatto il primo tatuaggio a diciotto anni, in uno studio a due isolati dalla base e da allora non ho più smesso. Ti creano una specie di dipendenza." Seduto lì con lui, in casa mia, sul mio letto, ascoltando una delle più grandi band della storia, provai la sensazione di potergli raccontare tutto senza andare fuori di testa. "Mi sono ripromesso di imparare non appena mi avessero congedato, e così è stato."

Feci una pausa per raccogliere le forze, ma lui non insisté perché continuassi.

"Okay, torniamo a Gina. Dovevo occuparmene per il fine settimana. Era mattina presto e lei mi svegliò per fare colazione. Mangiammo i cereali, i Cocoa Rice che rendevano il latte cioccolatoso, li adorava." Sorrisi al ricordo di quell'ultima espressione felice sul viso della mia sorellina. "Voleva uscire a cercare i suoi amici, ma dormivano ancora tutti, così le dissi di giocare nel cortile sul retro, intanto che io lavavo i piatti. Lei uscì, avvertendomi che avrei fatto meglio a non farla aspettare troppo o mi avrebbe annaffiato con la canna dell'acqua. Si divertiva a farlo, a sorprenderti con un getto d'acqua fredda." Sorrisi, nonostante il dolore che provavo.

Fu in quel momento che le cose iniziarono ad andare male: il peso dei ricordi cominciò a opprimermi, faticavo a respirare e a parlare. Bryan accarezzò l'angelo sulla mia schiena, con gli occhi azzurri e luminosi e la chioma sciolta. Quello che rappresentava la mia sorellina come volevo ricordarla.

"Caricai la lavastoviglie e la lavatrice e le feci partire. Mamma detestava tornare a casa e trovare pile di piatti sporchi e il bucato da fare. Poi mi spostai rapidamente in soggiorno, dove avevamo visto il film la sera prima, per sistemarlo. In tutto credo di averci messo una quindicina di minuti..."

Bryan non disse nulla, si limitò a continuare a carezzarmi in circolo la schiena. Inspirai e mi feci forza. Come si dice, quando sei in ballo...

"Quando... Quando andai in giardino, la vidi sdraiata nell'erba. Non era una cosa strana, ogni tanto lo faceva: si metteva sulla pancia per studiare un millepiedi o un dente di leone o sulla schiena per osservare le nuvole. Gina era una sognatrice." Feci un'altra pausa. "Fu solo quando mi avvicinai per chiederle cosa stesse guardando che mi accorsi che qualcosa non andava. Non... non si muoveva e non respirava. Mi inginocchiai al suo fianco e vidi che aveva tracce di vomito sulle labbra e sul mento."

Fui costretto a fermarmi di nuovo, questa volta per scacciare i ricordi, ma non ci riuscii, ogni istante di quella maledetta mattina mi travolse come uno tsunami.

"Non sapevo cosa fare. Provai a rianimarla, ma era troppo tardi... L'avevo trovata troppo tardi. Poi dissero che aveva avuto una crisi epilettica, quello che a quei tempi veniva chiamato grande male, ma che oggi viene definito Morte Improvvisa e Inattesa di Soggetti in corso di Epilessia. Non aveva mai avuto una crisi prima di quel giorno e quando cadde a terra finì sulla schiena e venne soffocata dal suo stesso vomito."

Con un movimento inconscio mi pulii la bocca con il dorso della mano, per cancellare il ricordo di quel giorno in cui avevo provato ad appoggiare le labbra su quelle di Gina per tentare di risoffiarle dentro la vita.

Feci un respiro tremante che non riuscì ad arginare il singhiozzo violentò che mi sfuggì. Era sempre così, maledetti singhiozzi. Non riuscivo a fermarli quando parlavo della morte di Gina. Ragione per cui non ne parlavo molto.

Bryan mi cinse con un braccio e mi tirò vicino.

"La mia famiglia si disgregò dopo quella tragedia. La marina fu l'unica cosa che mi impedì di ubriacarmi a morte. I miei genitori avevano smesso di parlarmi e mio fratello mi odiava. Merda. Scusami, è dura. La sua morte è stata colpa mia. Se solo fossi uscito con lei quando… quando me lo aveva chiesto la prima volta."

Tossii affannato e mi coprii il viso con la mano. Dopo di che cominciarono i singhiozzi e i brividi, seguiti dalle lacrime silenziose. E durante tutto ciò, Bryan rimase al mio fianco, abbracciandomi e sussurrandomi che non era colpa mia, che certe volte le persone buone muoiono giovani e che non potevo essere ritenuto responsabile dei piani di Dio.

Quando il peggio fu passato, mi ritrovai rannicchiato al suo fianco, con la guancia appoggiata sul suo petto e le sue dita che avevano ripreso a tracciare il contorno delle ali di Gina.

"Beh, ci stiamo proprio divertendo stasera," scherzai, sperando di tirarci fuori da quel pozzo di disperazione in cui eravamo finiti. "Vuoi fare una partita a Uno o qualcosa del genere?"

"Potremmo mangiare, ma più tardi. Per adesso rimaniamo qui abbracciati. Ne ho bisogno."

"Sì, anch'io." Mi sentivo svuotato, ma presi il suo bel viso tra le mani e lo baciai con tutto ciò che mi era rimasto. "Grazie di non essere fuggito."

Mi tirò più vicino, ci sdraiammo e ci tirammo addosso le coperte.

"Tu hai ascoltato la mia storia e non mi hai buttato fuori," disse lui, con voce bassa e morbida, passandomi le dita tra i capelli. Avevo la guancia poggiata sul suo bicipite e vedevo il petto alzarsi e abbassarsi veloce. "Non hai idea delle cose che gli ho permesso di farmi... delle cose che lo ho aiutato a fare ad altre persone. Ho fatto del male anch'io, Gat."

Mi allungai e gli posai un bacio sul petto.

Forse, ma solo forse, potevamo aiutarci a vicenda a superare quei terribili errori che ci avevano rovinato la vita? Era possibile che il nostro processo di guarigione cominciasse quella sera, con quell'abbraccio?

UNDICI

Bryan

"Come ti sei procurato questa cicatrice?"

Gatlin mi aveva svegliato con il caffè e una serie di baci sulla parte alta della spina dorsale. Baci leggeri e parole di buongiorno sussurrate e io mi ero lasciato cullare in quella pace. Avevo bevuto il caffè, mi ero rilassato troppo e lui aveva scoperto la cicatrice.

Era uno sfregio che disegnava una curva dalla parte posteriore dell'anca fino alla colonna vertebrale e mi ricordava di una rissa che avrei voluto dimenticare, soprattutto per ciò che era accaduto da quel momento. Non era facile da notare nella semioscurità, ma nella luce del giorno saltava all'occhio.

Mi girai veloce sulla schiena e tirai Gatlin vicino sperando di distrarlo da quella domanda a cui non ero pronto a rispondere.

"Baciami," gli ordinai.

Lui si tirò indietro e mi sorrise.

"Non cambiare argomento."

"Non l'ho fatto," negai e lo baciai. Volevo disperatamente impedirgli di parlare, lo avevamo fatto abbastanza la notte prima e non pensavo fosse l'unica cosa che potevamo fare.

E il sesso? Perché non facciamo ancora sesso?

Gli feci scivolare le mani sulla schiena, immaginando l'angelo e percorrendo il profilo dei muscoli fino ai glutei; li afferrai e mi strusciai contro di lui. Ciò sembrò fargli passare la voglia di parlare e mi baciò con passione. Poi, in qualche modo, riuscì a liberarsi dalla mia stretta, si mise in ginocchio e mi fissò. Vedevo la sua erezione – non si poteva dire che non fosse eccitato –ma allora perché si era fermato?

"Bryan, come ti sei fatto quella cicatrice?"

"Perché è così importante?"

"Non lo era," cominciò Gatlin con tono paziente, "ma siccome non vuoi parlarne immagino che significhi qualcosa."

"Non è niente."

"Un incidente di pattinaggio?"

Gatlin aspettava la mia risposta. Avrei potuto dire di sì e la faccenda si sarebbe conclusa: lui mi avrebbe creduto e avremmo cambiato argomento. Dopo quello che lui aveva condiviso la sera precedente, tuttavia, e di fronte a quello sguardo carico di comprensione ed empatia, forse avrei potuto aprirmi a mia volta, almeno riguardo a quella vicenda.

"Una specie," provai a rispondere, ma poi, sentendo sulla lingua il sapore amaro della menzogna, emisi un profondo sospiro. "No." Non sapevo cosa aggiungere. In passato avevo pensato che un giorno avrei raccontato a *qualcuno* ciò che era successo, ma nella mia testa sarebbe stato Aarni ad ascoltarmi e a comprendere la mia storia. Era lui il mio cavaliere dall'armatura scintillante.

"Aspetta," disse Gatlin e, in tutto lo splendore della sua nudità, raggiunse un mobiletto nell'angolo della stanza. Non ci avevo fatto caso prima, ma posati lì sopra c'erano diversi block-notes e un portamatite. Lui prese il blocco che si trovava in cima – lo stesso che aveva quella sera al pub – e tornò a letto. Si sedette a gambe incrociate davanti a me, lo aprì e me lo piazzò davanti.

"Guarda," disse e io mi sentii sollevato che non volesse proseguire con le domande.

Esaminai il disegno e sentii una stretta al petto. Era incredibile: pennellate di blu e il tocco tagliente di un gufo steampunk che si stagliava sugli sbuffi di vapore che provenivano da una vecchia locomotiva metallica. C'erano anche un paio di schizzi dello stesso soggetto visto da diverse angolazioni. Al centro c'era una bussola i cui punti cardinali svanivano nel vapore.

"Cosa significa la bussola?"

"Ho la sensazione che l'hockey sia la tua casa e che da esso emani la tua vita."

Ascoltai le sue parole e fui invaso da un'inspiegabile tristezza. Avevo una famiglia. Daisy, George, Emma e Tom potevano anche essere una famiglia temporanea, ma ero cresciuto con loro nei tre anni in cui avevo vissuto a Erie. Dovevo dirlo a Gatlin, ma non sapevo come.

"È perfetto," mormorai.

"Sai chi è Matt Groening?" mi chiese.

Lo guardai. "È il tizio che disegna i *Simpsons*."

"Esatto. E lo sapevi che quando ha disegnato Homer ha inserito le sue iniziali nella forma dei capelli e dell'orecchio? Poi ha cambiato idea rispetto alla G dell'orecchio, ma la M nei capelli è ancora lì da vedere."

Non riuscivo a capire dove Gatlin volesse arrivare, ma sembrava che avesse in mente qualcosa e conoscendolo ero sicuro che fosse qualcosa con un significato artistico profondo; adoravo la sua passione.

"Non lo sapevo."

Abbassò lo sguardo, come se fosse imbarazzato, poi indicò una delle piume estremamente dettagliate che svaniva nel quadrante di un orologio. "Faccio qualcosa di simile quando disegno i miei caschi." Tracciò con il dito quella che riconobbi essere una G.

"Cavolo, quindi ce n'è una anche su quello di Stan?"

"Osserva il coniglietto-Noah e la vedrai nella piega delle orecchie."

"Lo farò. In realtà, però, pensavo che forse dovremmo aspettare per il mio casco."

"Non devi dire che il disegno ti piace se non lo pensi," mormorò lui.

Lo guardai, sconvolto dal fatto che potesse anche solo pensare che avrei potuto farlo. Gatlin era diverso e io sentivo di poter essere completamente onesto con lui. Come era potuto succedere? Lo conoscevo da poco, ma, in qualche modo, era la prima persona oltre a Daisy con cui provavo il desiderio di confidarmi.

Non fidarti. Riderà di te.

Scacciai dalla testa quella vocina che sembrava proprio quella di Aarni.

"Lo adoro. È solo che non voglio che tu lo faccia visto che tanto finirò nella serie minore o mi venderanno a un'altra squadra."

Lo dissi stringendomi nelle spalle, come se non mi importasse se fossi rimasto o meno.

Lui intrecciò le dita con le mie. "Sarebbero dei coglioni a darti via. Sei proprio quello di cui hanno bisogno i Railers: una valida riserva di Stan e un futuro primo portiere."

"Se lo dici tu…" borbottai.

"Ti hanno detto qualcosa?"

Strizzai gli occhi, analizzando ciò che mi era stato detto. Nei discorsi d'incoraggiamento degli allenatori ricorrevano alcune parole chiave: promessa, stabilità, fiducia. Insieme al piano a lungo termine per il mio ruolo che Alain Gagnon mi aveva consegnato, secondo il quale mi stavo allenando con Stan, supportandolo e lavorando sodo per il gruppo.

Sembrava che piacessi alla squadra. La speranza si fece strada nel mio cuore e in quel momento realizzai che stavo fissando Gatlin.

"No, vogliono lavorare con me, per quello mi hanno acquistato. Credo che rimarrò per un po' se mi darò da fare."

"Quindi inizio a lavorare al disegno per il tuo casco?"

Era una domanda, non un'affermazione e non avevo bisogno di valutare le opzioni per rispondere. Anche se fossi stato spedito dall'altra parte del paese, avrei quanto meno avuto un lavoro di Gatlin da portare con me e un ricordo dei Railers.

"Sì, direi di sì."

"Come ti sei fatto quella cicatrice, Bryan?" mi domandò con una voce così bassa che quasi non lo sentii. La pace scomparve dalla mia mente e mi ritrovai catapultato agli ultimi giorni che avevo trascorso nella casa della mia infanzia.

"Una rissa. Non sul ghiaccio." Mi fermai per riflettere sul miglior modo di affrontare l'argomento. Non volevo pietà, non ne avevo bisogno, così decisi che un'esposizione distaccata sarebbe stata la cosa migliore. Inspirai a fondo e cominciai. "Avevo questo caro amico, Darren. Eravamo molto uniti e finimmo con il baciarci. Suo zio, un pastore, ci sorprese e ci fece una terribile predica sul male e il mio amico decise di rimettersi in riga. Ora è sposato. Io non avevo intenzione di cambiare quello che ero a causa della religione, ma quando mia mamma venne a sapere del mio peccato mortale ne fu devastata e mio padre, che amava la bottiglia, decise di usare i pugni. Avevo solo quindici anni, ma cercai di difendermi e durante lo scontro caddi contro la finestra del patio e mi tagliai. Fui fortunato a non recidermi un'arteria. È una brutta ferita, ma quello è stato un periodo molto violento."

Mi sentivo sollevato per aver tirato fuori tutto, ma avvampavo per la vergogna e temevo che lui mi avrebbe guardato in modo diverso.

Silenzio. Aspettai che Gatlin dicesse qualcosa, qualsiasi cosa, o che sorridesse o si accigliasse, ma l'unica cosa che vidi fu che deglutì con gli occhi lucidi per l'emozione.

"Okay," attaccò stringendomi la mano. "Allora perché non trasformiamo quella cicatrice che ritieni brutta in qualcosa di bello?"

Senza lasciarmi la mano, fece uno schizzo del mio gufo e della bussola e ci aggiunse un disco in 3D che mi lacerava la pelle. Non avrebbe dovuto, invece era bello.

"Solo nero e grigi o, magari, sfumature di marrone e rame, ma con un pizzico di colore negli occhi dell'uccello."

Lo guardavo disegnare, affascinato da quella magia, ma all'inizio non capii. Poi lui spinse il blocco verso di me e lo girò.

"I tatuaggi che coprono le cicatrici possono essere molto belli. La pelle è delicata, ma ci si può riuscire. E poi non ci sarà più lo sfregio, ci sarà il rapace notturno – con la tua folle capacità visiva – l'ancora di salvezza dell'hockey nella bussola e il disco."

Spostai lo sguardo dal disegno al suo volto, poi lo riabbassai.

"Mi sconvolgi," sussurrai.

"Posso fare qualcos'altro. Dipende da te." Arricciò il naso mentre parlava, era davvero modesto.

"No! Voglio questo."

Lui rise e si avvicinò per baciarmi.

"Perché non mi fai sapere quando ti sembra il momento che inizi a lavorarci? Posso prendermela calma, farlo quando il negozio è chiuso e renderlo *davvero* personale." Inarcò le sopracciglia con fare provocante e io riflettei su quanto potesse essere divertente quel *davvero personale*.

All'improvviso, lo volevo sotto di me o sopra di me o dentro di me, l'importante era che fosse qualcosa che implicasse un sacco di contatto fisico.

Amavo i suoi disegni e il fatto che la compassione che mi dimostrava non scivolasse mai nella pietà. Quando mi baciò, tutto quello che riuscii a pensare fu che non avrebbe richiesto alcuno sforzo innamorarmi di Gatlin.

Se me lo fossi permesso.

Arni non si faceva sentire da così tanto che avevo quasi dimenticato che avesse fatto parte della mia vita, poi, di punto in bianco, ricevetti una sua chiamata che sembrava partita per sbaglio. Quando risposi non sentii nulla se non le voci di sottofondo di un bar, ma significava che il mio nome doveva essere nel suo elenco delle selezioni veloci. Quindi non lo aveva cancellato.

Come mi faceva sentire? Confuso perché non mi aveva chiamato per scusarsi per il suo comportamento? O sorpreso perché non aveva chiamato per farmi la predica?

Quello che era sicuro era che non mi sentivo come ci avessi messo una pietra sopra. All'allenamento, tuttavia, mentre continuavo a rimuginare sulla cosa, mi impegnai così tanto che Stan si mise a sedere per guardarmi mentre la squadra mi tempestava di tiri. Ovviamente non rimase seduto a lungo, ma fu sufficiente perché tutto

il gruppo commentasse che leccavo i piedi agli
allenatori.

Detto con affetto.

Adler sembrava deciso ad affinare con me la sua
capacità di provocare. Il tempo che passò nella mia area
fu addirittura assurdo e smise di infastidirmi solo
quando Ten fece un tiro in porta, poi anche lui cercò di
far passare il disco oltre il mio guanto da bloccaggio.
Nonostante i molteplici tentativi non ci riuscì e alla fine
fui io a sfotterlo.

"Pensavo che te la cavassi a questo gioco," lo presi in
giro mentre pattinavo all'indietro.

Lui mi mostrò il dito medio, ma aveva un sorriso da
orecchio e orecchio. Come se gli piacesse a tirare contro
di me. Come se gli piacessi *io*.

Finito l'allenamento, con la mente sgombra dal
pensiero di Aarni e la carica dell'hockey che mi scorreva
nelle vene, rientrai negli spogliatoi. Il mio cubicolo era a
un'estremità della stanza, ma la cosa non mi faceva
sentire isolato, anzi mi permetteva, quando ne avevo
bisogno, di sfuggire dal casino delle risate e degli sfottò
per concentrarmi. Nessuno mi aveva ancora fatto
scherzi, ma andava bene così. A Stan non si
azzardavano a farli perché sapevano che il russo era
imprevedibile e avrebbe schiacciato chiunque ci avesse
provato. Per quel motivo, forse, i portieri erano
intoccabili?

Non feci caso al fatto che nelle docce ci fosse una
sola bottiglia di shampoo mentre di solito ce n'erano
molte tra cui poter scegliere. E non notai neppure che
non c'era nessun altro. Sapevo solo che l'acqua era calda

così chiusi gli occhi e piegai la testa per godermi il suo effetto lenitivo sulle spalle contratte. Lo shampoo profumava di rose e di qualcos'altro di strano. Finita la doccia iniziai ad asciugarmi e, uscendo, passai davanti agli specchi.

Ero blu! Strisce di colore mi ricoprivano la faccia e il corpo.

Guardando il riflesso non potei trattenere un sorriso. Era il blu dei Railers: mi ero trasformato in una specie di puffo e mi piaceva.

Nessuno rivendicò lo scherzo, ma mi accorsi che Adler fischiettava molto più del solito e lo vidi scambiarsi il cinque con Lester e Connor.

Una beffa davvero ben riuscita.

Quando arrivai da Gatlin con la borsa per la notte, lo vidi spalancare gli occhi di fronte alle strisce blu e fissarmi perplesso. Lo rassicurai sul fatto che sarebbero durate *al massimo un paio di giorni* e lui scoppiò a ridere e mi baciò. Poi, una volta chiuso il negozio, cominciò a baciare tutte le parti blu che riuscì a trovare sul mio corpo. Apparentemente aveva un debole per i colori e io decisi seduta stante che sarei stato la persona più colorata che potevo. Per lui.

Gatlin e io avevamo ormai una nostra routine: se i Railers giocavano in casa, mi fermavo da lui nell'appartamento sopra lo studio e quando giocavamo in trasferta ci sentivamo su FaceTime. Non potevo rinunciare alla mia dose quotidiana di lui e quando parlavamo insieme sorridevo così tanto che a volte qualcuno della squadra mi dava un colpetto sulla spalla e mi chiedeva quale fosse la battuta.

Secondo le parole di Stan "Sorridi grande come la più grande cosa grande". O almeno credo che intendesse qualcosa di simile visto che parte della frase era in russo.

Quando arrivò novembre, mi sentivo ormai un elemento effettivo della squadra, qualcuno la cui opinione contava. I Railers mantenevano il terzo posto in classifica e, fino a quel momento, avevo giocato sette partite da titolare, quattro vinte, due perse e una arrivata ai supplementari che Ten ci aveva fatto vincere con uno dei migliori goal della stagione.

Stavamo davvero spaccando, io ero felice nel piccolo appartamento sopra lo studio e il tatuaggio sulla mia anca incominciava a prendere forma. Quando lavorava sulla mia pelle, Gatlin era molto concentrato, a me piaceva osservarlo, poi lo stuzzicavo e cercavo di farlo ridere. Era come se il mio vero io stesse uscendo dal guscio dove lo avevo volontariamente rinchiuso dopo quello che era successo con i miei genitori naturali quando avevo quindici anni.

Quella sera, Daisy e George erano venuti al palazzetto a vederci affrontare il Columbus alla ricerca dei punti che ci avrebbero portato al secondo posto. Gatlin stava partecipando a un corso di formazione, ma sarebbe tornato in tempo per conoscerli. In quella partita contro uno dei nostri rivali della Pennsylvania era previsto che io non giocassi e ciò significava che potevo dedicarmi alla mia famiglia.

Dopo il fischio finale li portai a incontrare la squadra. Daisy aveva sempre avuto un debole per Ten e lui fu felice di ricevere un lungo abbraccio e le promise che le avrebbe regalato un disco firmato.

"E che ne diresti se aggiungessi anche una maglia?" le disse prendendo la borsa per tirarne fuori una.

Quel diavolo di ragazzo prodigio ne aveva sempre qualcuna in più *per i suoi fans*. Tra i tifosi avevo notato anche delle maglie con il mio nome e avevo deciso di tenerne anche io sempre qualcuna a portata di mano da offrire a quelli che mi conoscevano.

"È la mia mamma, ne vorrà una delle mie," intervenni guardando Ten con un'espressione fintamente imbronciata. Daisy smise di chiacchierare con Ten e gli altri della squadra e si voltò verso di me con gli occhi spalancati.

"Bryan?"

"Sì?"

"Mi hai appena chiamata 'mamma'," disse e mi tirò a sé per abbracciarmi. Non capivo cosa la sconvolgesse tanto, era stata la mia vera madre da quando avevo quindici anni. "Non lo avevi mai fatto."

Oh.

Non mi ero reso conto di essermelo sempre tenuto dentro. Ci abbracciammo e lei mi sussurrò all'orecchio con tono scherzoso: "Prenderò comunque la casacca di Ten, ma ti voglio tanto bene, tesoro."

"Anch'io ti voglio bene, mamma," le risposi poi mi rivolsi a George, che era intento a discutere con Connor di alcune mosse che Gretzky aveva introdotto negli anni Settanta e che lui aveva visto di persona. "Voglio bene anche a te," gli dissi dandogli un colpetto sul braccio, "papà."

Lui guardò perplesso prima me poi mamma e alla fine mi abbracciò. "Ti voglio bene anch'io, figliolo."

Era tutto perfetto. Quella notte avrei potuto persino parlare a Gatlin dei sentimenti che provavo per lui.

Quando la serata proseguì a casa di Stan e Erik, anche mamma e papà furono invitati a unirsi a noi e la cosa mi riempì di orgoglio. Quando un po' più tardi ci raggiunse Gatlin, feci le presentazioni e naturalmente mamma lo sommerse di abbracci e coccole.

Papà e Gatlin chiacchierarono a lungo, entrambi con un'espressione seria sul volto, ma io decisi di non intromettermi.

"Il tuo giovanotto è adorabile," commentò mamma, incrociandomi mentre tornavo dalla cucina con un piatto di nachos. Me ne rubò una manciata e mi stampò un bacio sulla guancia. "E a quanto pare piace anche a tuo padre."

"Lo amo," mi lasciai scappare e avrei voluto mordermi la lingua. Non volevo che la mia dichiarazione d'amore arrivasse per caso all'orecchio di qualche compagno di squadra che aveva appena saccheggiato le riserve di patatine e salse dell'enorme cucina di Stan.

Lei mi appoggiò una mano sul petto. "Lo so."

Alla fine della serata, Gatlin e io li accompagnammo al loro hotel. Poi, mentre ci dirigevamo verso il suo appartamento, rimasi in silenzio. L'oscurità invitava a rivelare ogni segreto.

"Ti amo," dissi con lo stesso tono drammatico con

cui lo avevo annunciato a mia madre. Eravamo circa a metà strada e stavamo per curvare a un semaforo.

Gatlin, mi guardò con la coda dell'occhio, effettuò la svolta, mise la freccia e si fermò appena fu possibile, poi mi baciò. Fu un bacio lungo e appassionato e lasciò su di me un segno che desiderai non si cancellasse mai.

"Ti amo anch'io," mormorò con le labbra appoggiate alle mie, poi riprese la direzione di casa.

Sì, la vita è meravigliosa.

DODICI

Gatlin

_____

La sua schiena contro il mio petto, il respiro accelerato di un uomo prossimo al piacere riempiva la mia stanza e la mia anima, mentre gli stringevo il sesso con la mano. Era così che sarebbe dovuta iniziare ogni giornata. Bryan pompava tra le mie dita, aveva la pelle arrossata e umida di sudore che io leccavo avido. Il mio uccello riposava tra le sue natiche strette, esausto; sulla sua schiena il mio seme: mi aveva pregato di uscire da lui, togliere il preservativo e venirgli addosso.

"Ti amo," mormorai con la bocca poggiata sulla sua spalla. Il suo uccello si contrasse, riempiendomi le dita e le lenzuola. Bryan annaspò scopandomi la mano mentre mi stringeva il polso.

"Oh cazzo," ansimò. Sentii il suo corpo irrigidirsi tutto, fino alle dita dei piedi che scavavano tra le lenzuola umide. "Ti amo… anch'io."

Gli disseminai una miriade di piccoli baci sul collo e l'orecchio, continuando a carezzare il suo uccello finché i tremori cessarono e lui si sciolse tra le mie braccia.

"Va meglio adesso?"

Annuì. Il suo petto si alzava e si abbassava a un ritmo più ragionevole.

Con l'approssimarsi di dicembre, Bryan era diventato sempre più teso e nervoso. L'indomani sarebbe stato il giorno del Ringraziamento, che avremmo celebrato con un pranzo nel nostro appartamento, e la settimana dopo, il primo dicembre, i Raptors sarebbero arrivati a Harrisburg. Ogni giorno che passava, percepivo la sua ansia crescere.

Le parole non riuscivano ad attenuare la sua preoccupazione. Il sesso sembrava funzionare molto meglio ed ero felice di liberarlo dallo stress accumulato ogni volta che ne sentiva il bisogno. Scopare come cervi in calore, tuttavia, lo calmava solo per un po', poi tornava a essere l'uomo che avevo conosciuto qualche mese prima: nervoso, spaventato e in uno stato di ansia perenne. Tutto per colpa di Aarni, quello stronzo violento. Se avessi avuto a disposizione un camion della nettezza urbana, lo avrei guidato fino in Arizona, avrei trovato quello schifoso bastardo e gli sarei passato sopra. Poi avrei fatto marcia indietro e lo avrei investito di nuovo. Avevo la sensazione che avrei potuto continuare fino a che di Aarni Lankinen non sarebbe rimasto altro che una poltiglia rossa sull'asfalto.

"Bene. Abbiamo un sacco di lavoro da fare per domani. Per la ricetta del ripieno che ci ha dato tua madre servono delle ostriche." Lo carezzai con il naso sulla base del collo, mordicchiandolo un po' e lui si girò tra le mie braccia. "Faccio una corsa a comprarle. Adoro tua mamma."

"Sì? Davvero? Perché ti ha passato la sua ricetta?"

"No, perché mi chiama giovanotto."

Fece una risatina assonnata e, dopo un attimo, si addormentò, soddisfatto e al sicuro. Ed era così che volevo che fosse. Lo avrei protetto a costo della mia vita se fosse stato necessario. Lo strinsi a lungo, meravigliato da quanto fossi fortunato ad avere quell'uomo. Poi, purtroppo, il bisogno di andare in bagno aumentò e non potei più ignorarlo. Gli stampai un bacio sulla schiena, proprio dove c'era il nuovo tatuaggio. Poi lo coprii e iniziai la giornata. Pipì, doccia e 'fanculo alla barba visto che Bryan aveva detto che gli piaceva la peluria argentata.

Mi versai una tazza di caffè e scesi al piano di sotto per prendere i giornali e vedere se c'era qualche offerta speciale sulle ostriche… Sempre se qualcosa di simile è mai esistito. Mi accorsi che Garrett stava girando la chiave nella serratura e spalancai la porta. Per la sorpresa fece un balzo e gli cadde la borsa che portava a tracolla.

"Cazzo," ringhiò di fronte alla mia risata. Dopo che si fu ricomposto, lo feci entrare e richiusi la porta alle sue spalle. Mi ero preso due giorni di riposo e non volevo che qualche cliente senza appuntamento si infilasse in negozio mentre ero distratto. Mi aspettavano quarantotto ore con Bryan. Quando si dice celebrare degnamente il Ringraziamento! Beh, con Bryan e gli ospiti che avremmo avuto per cena. "Ti vedo di buon umore, dev'essere quel cucciolo che ti scalda il letto," commentò mio fratello.

"Probabile," gli strizzai l'occhio e sorrisi ammiccante.

Lui sorrise a sua volta. "Sono felice per te."

"Davvero?" Mi fermai vicino al registratore di cassa, dove di solito Jess stipava la posta.

"Mi sembri sorpreso." Mi levò la tazza dalle mani, prese un sorso di caffè, fece una smorfia e me lo restituì.

"Beh, a dire il vero un po' lo sono. Pensavo che tu, papà e mamma voleste solo vedermi soffrire."

"Cazzo, Gatlin!" sbottò Garrett sbattendo la borsa piena di importanti documenti della banca sul ripiano di vetro del bancone. "Mi piacerebbe proprio capire perché pensi che voglia vederti soffrire."

"L'ho lasciata morire."

Mi fissò con la bocca spalancata per alcuni lunghi istanti. Io tornai a trafficare sotto la cassa e quando mi rialzai a mani vuote, la sua espressione rabbiosa era sfumata e sembrava solo leggermente infastidito. Sospirò, si sistemò la cravatta che si era sfilata dal gilet quando aveva sbattuto la borsa e mi inchiodò con lo sguardo.

"Gatlin, non l'hai *lasciata* morire."

"Ma..."

Alzò una mano per bloccare le mie parole. "No, per una volta, per una cazzo di volta, puoi stare ad ascoltare?! Non ti ho mai ritenuto responsabile della morte di Gina. Avrebbe potuto avere quella crisi in qualsiasi momento. Purtroppo è successo mentre era da sola. No, non parlare, ascoltami! Eri un fratello maggiore perfetto, entrambi lo eravamo. La adoravamo, la viziavamo, stravedevamo per lei, ma nessuno può stare con un'altra persona ogni singolo minuto di ogni singolo giorno. Ti sei trascinato questo peso per vent'anni, ma è un giogo che non devi più portare."

Lo studiai con attenzione. La mano con cui tenevo la tazza tremava. "Mamma e papà mi ritengono responsabile."

"Ed è per questo che non gli ho più parlato dal giorno del funerale di Gina."

Cavolo, quella per me era una novità. Sapevo che si erano allontanati, ma non ne avevo mai capito il motivo. Garrett non era uno che amava troppo parlare. Immagino che fosse un elemento comune di noi fratelli Pearce.

"Avrei solo voluto sapere come parlare *con te*," aggiunse.

Mi guardò e io guardai lui.

"Beh, sono felice che non mi odi. Lo credevo davvero."

Arricciò appena il naso, segno che era ancora un po' arrabbiato.

"Lo avresti saputo se ti fossi deciso ad ascoltarmi, invece di dare sempre per scontato il peggio."

Okay. Certo quel tipo di comunicazione funzionava in entrambe le direzioni, ma ero troppo stanco e provato per mettermi a fare il pedante. Cercai di allungarmi sopra il bancone per dargli un abbraccio impacciato, ma lui si tirò indietro.

"Non c'è bisogno di fingere che di punto in bianco siamo diventati una famiglia espansiva," borbottò a bassa voce, ma mi porse la mano e ce la stringemmo. Jess doveva aver ereditato la sua attitudine a risolvere tutto con un abbraccio dai geni emotivi di un lontano antenato perché di sicuro non le arrivava né da suo padre né da sua madre.

Qualcuno si schiarì la gola, Garrett e io ci voltammo e ci trovammo davanti Bryan con indosso dei pantaloni di pile, delle vecchie sneaker e una canottiera che gli lasciava scoperte le spalle e le braccia magnifiche e un enorme succhiotto scuro sul collo. Sì, l'uomo più bello del mondo mi guardava con un'espressione dubbiosa.

"Chiedo scusa. Bryan, lui è mio fratello maggiore, Garrett," dissi indicando l'uomo con cui avevo appena finito di discutere che si avvicinò e gli porse la mano. "Garrett, lui è Bryan, il mio ragazzo."

Bryan mi rivolse un sorriso timido. Era la prima volta che usavo un'etichetta così formale per definirlo, ma mi sembrava perfetta.

"Piacere di conoscerti. Gatlin parla sempre di te. Verrai alla cena del Ringraziamento domani? Ci saranno anche i miei genitori che sono in città per un paio di giorni."

Mio fratello, stringendo la mano del mio compagno, si girò a cercare una mia conferma. Io annuii e lui inclinò appena la testa.

"Verrò da solo, mia moglie è a Nantucket dai suoi nonni. Ah, devo estendere l'invito anche a Jess?" Garrett lasciò andare la mano di Bryan. Io alzai lo sguardo verso il soffitto e mi carezzai il mento ispido. Mio fratello fece un lungo sospiro. "Lei era già invitata, giusto?"

Io e Bryan cercammo di dire qualcosa nello stesso

momento, ma Garrett scosse la testa e rise. Io gli rivolsi un sorriso soddisfatto.

"Porta un paio di bottiglie di quel vino costoso che nascondi in cantina, vecchio taccagno."

Garrett alzò gli occhi al cielo e io capii che le cose tra noi si erano chiarite. Potevamo non essere i fratelli ideali, ma sapevo che mi voleva bene e si preoccupava per me anche se in quel suo modo da pesce freddo. Un famoso greco, forse Prometeo, aveva detto che le grandi cose hanno piccoli inizi. Forse io e mio fratello eravamo destinati a grandi cose.

I Raptors erano arrivati in città.

Poiché Stan aveva giocato la sera prima contro il New Jersey e visto che Bryan conosceva così bene gli avversari, lo misero tra i pali fin dall'inizio. Prima di uscire di casa per andare alla partita era caduto in quella sua calma inquietante. Non sapevo come altro descriverla, avevo la sensazione che si fosse ritirato in quel luogo dove vanno tutti i portieri per prepararsi mentalmente al match.

Io ero seduto in un posto comodo e spazioso all'interno di quella che veniva chiamata Steamers Section ed ero circondato da tizi con il look aziendale, cosa che non mi disturbava. Io, con la mia maglia di Delaney, i jeans logori e gli scarponi da bifolco, non spiccavo certo in mezzo a quei completi costosi. No, neppure un po'. Garrett si sarebbe sentito a casa.

Non appena l'arbitro diede inizio alla partita

lasciando cadere il disco al centro della pista, l'atmosfera si surriscaldò. Entrambe le squadre erano cariche e approfittavano di ogni possibilità di bloccare un avversario. Uomini enormi sbattevano contro le paratie altri uomini enormi. Di solito questo tipo di gioco aggressivo veniva riservato alle rivalità interstatali e agli scontri dei playoff. Piccoli tafferugli scoppiavano qua e là, spintoni intorno alle porte o discussioni che continuavano anche dopo il cambio di linea.

I tifosi adoravano quelle cose. Cazzo, io stesso le adoravo. Se il mio uomo fosse stato in mezzo al campo a rischiare di prendere una ripassata, probabilmente avrei cambiato idea, ma era al sicuro in porta, sebbene anche lui sembrasse più propenso del solito a spintonare e bastonare gli avversari. Il primo tempo fu serrato, non ci furono molti tiri in porta, ma un sacco di azioni interminabili piene di contatto fisico. La violenza era nell'aria, la si percepiva così come si sentiva il profumo del popcorn, della birra e degli hamburger.

Così nessuno si sorprese quando scoppiò la rissa lungo le paratie alla sinistra di Bryan. Balzammo tutti in piedi quando il gigantesco Adler Lockart iniziò a prendere a pugni l'altrettanto enorme Petrov Egorov, un difensore dei Raptors che era riuscito a non farsi fischiare un fallo che aveva commesso ai danni di Lockart. Tutti i giocatori si buttarono nella mischia e il pubblico impazzì.

Naturalmente, Tennant Rowe non si tirò indietro e cercò di strappare uno degli avversari dalla schiena di uno dei suoi compagni. Poi successe tutto in una frazione di secondo, ma fu una di quelle cose che tutti quelli che ne furono testimoni non avrebbero mai dimenticato. Qualcuno, nel caos di uomini, bastoni, maglie a strisce, afferrò la testa di Rowe. Più tardi, in migliaia di riprese al rallentatore, vedemmo tutti che lo strattone sul casco di Ten fu involontario, ma Rowe rimase a testa scoperta e nella mischia vidi Aarni Lankinen gettarsi su di lui. Forse lo notai perché sapevo della sua natura violenta e dell'odio terribile che covava per Tennant Rowe. Bryan, durante la notte, con la voce rotta, mi aveva raccontato cose che mi avevano spinto a controllare con attenzione gli annunci di vendita di camion dell'immondizia. Urlai a Tennant di fare attenzione, ma ovviamente non poté sentirmi in mezzo al boato di diciottomila tifosi assetati di sangue.

C'è un detto che dice qualcosa riguardo al fare attenzione a quello che si desidera. Quando Lankinen raggiunse Rowe, lo afferrò alla spalla e lo tirò all'indietro contro la propria gamba tesa, facendolo cadere di schiena in mezzo alla selva di pattini e bastoni. La testa di Ten colpì il ghiaccio con forza e lui non si mosse più. Una macchia di sangue cominciò ad allargarsi a vista d'occhio sotto il suo cranio.

Tutto il palazzetto rimase con il fiato sospeso. L'allenatore dei Railers saltò al di là delle paratie e si fece largo tra gli uomini che iniziavano appena ad accorgersi di Rowe che giaceva svenuto sul ghiaccio. Io ero lì, in piedi, paralizzato dal terrore. C'era così tanto sangue e Rowe era completamente immobile. Bryan, benedetto il suo cuore generoso, schizzò fuori dalla porta e si gettò sulla schiena del suo ex, facendolo schiantare con il viso sul vetro e continuando a colpirlo sulla testa.

Nessuno esultò. Non una delle migliaia di persone presenti disse nulla. Io, con il cuore in gola, mi feci largo tra i fan sconvolti e mi precipitai giù per le scale. Dovevo raggiungere il campo e Bryan. Poi mi ricordai che non mi avrebbero permesso di entrare negli spogliatoi, cazzo, allora mi girai e fissai il mega schermo che mostrava cosa stava succedendo: i giocatori erano tornati alle panchine e la barella era uscita per recuperare Rowe che continuava a rimanere immobile. Aarni venne scortato fuori dal campo. Poi arbitri e guardalinee si raggrupparono vicino al tavolo del cronometrista, per decidere le penalità da assegnare, anche se in quel momento sembrava non avere alcun senso.

Il nostro giocatore migliore era seriamente ferito. Sembrò volerci un tempo infinito per immobilizzargli il colle e sistemarlo con cautela sulla barella. Prima di allontanarmi dal mio posto avevo cercato di individuare Jared, ma non era sulla panchina. Quando i paramedici portarono Ten fuori dal campo attraverso la porta della Zamboni, tuttavia, lo vidi che aspettava il suo uomo e gli prendeva la mano mentre veniva trasportato fuori dal palazzetto. Non avevo mai visto un allenatore andarsene prima della fine della partita, d'altronde la relazione tra Tennant e Jared non era quella tipica tra giocatore e allenatore. Dio, Jared doveva essere distrutto.

Erano trascorsi circa quindici minuti in quel silenzio mortale. Il resto della partita è un ricordo confuso. I Railers subirono una sconfitta per cui nessuno avrebbe potuto biasimarli. Come avrebbero potuto tornare a giocare a pieno ritmo quando uno dei loro amici più cari era infortunato in maniera così grave?

L'attesa per Bryan fu lunga e inquieta. Alla fine lui e Stan uscirono insieme, a testa bassa, e respinsero con un gesto i fan in cerca di autografi. Erik li seguiva, con lo sguardo rivolto a terra, e, dietro di lui, il resto della squadra. Quella sera nessuno si fermò dai tifosi.

"Ehi," dissi quando Bryan e Stan vennero verso di me. Il gigante russo mi diede un rapido abbraccio e si allontanò in direzione dell'auto insieme al suo uomo. "Novità?"

"Pare che sia grave."

"Cazzo." Ebbi la tentazione di abbracciarlo, ma non ero sicuro che avessimo deciso di rivendicare al mondo con orgoglio la nostra relazione. Quando fu lui a tirarmi a sé, tuttavia, ricambiai, nessuno ci avrebbe speculato su, non quella sera. Tutti i giocatori stavano lasciando il palazzetto con gli occhi gonfi per il dolore e la preoccupazione.

"Lo ha fatto per colpa mia," singhiozzò Bryan con la bocca sul mio collo.

"No, amore, no. Lo ha fatto perché è un essere umano miserabile e un giocatore subdolo."

Gli carezzai la schiena mentre lui lottava per non scoppiare a piangere. "Vuoi andare all'ospedale?"

"Sì, grazie, se ti va bene."

Perché chiedermelo? "Certo, è la cosa giusta da fare."

"Scusa, sì, non serve che venga anche tu. Puoi andare a casa e ti chiamo quando abbiamo notizie." Si tirò indietro. "Ho solo bisogno di stare con la mia squadra adesso."

Mi accorsi che stava iniziando a chiudersi. Era per lo shock? O era una cosa più personale? Si spostò senza guardarmi negli occhi. Si era scusato perché non sarebbe stato con me, aveva un'espressione impaurita.

"Vengo con te," dissi con determinazione.

"Non ci vorrà molto," rispose continuando a evitare il mio sguardo.

Ma che cazzo? "Pensavo che un po' di compagnia ti avrebbe fatto piacere. Potrei occuparmi di prendere i caffè o quel che serve." Non trovavo altre parole per spiegargli che volevo davvero essere lì con lui e la squadra e che avrei potuto essere utile. Forse fu per il tono della mia voce, ma qualcosa doveva aver fatto breccia in quel muro che stava alzando.

"Davvero?" chiese e finalmente mi guardò.

Dieter ci passò vicino. "Ho posto in macchina per due persone," gli sentii dire e io mi accorsi che non eravamo più soli. Eravamo in mezzo a una ressa di giocatori che volevano avere notizie di Ten, volevano andare all'ospedale. All'improvviso mi sentii meno sicuro, forse non era quello il mio posto.

"Ma posso restare qui se pensi che possa essere d'intralcio."

Fu in quel momento che l'uomo che amavo tirò indietro le spalle e reagì al mio tono incerto trasformandosi nella persona sicura di sé che sapevo poteva essere.

"Ti *voglio* lì con me."

"Andiamo."

Mi diede un bacio sulla guancia gelida poi ci unimmo alla processione delle macchine di giocatori e staff diretta all'Ospedale Universitario di Harrisburg. Non era la clinica ufficiale dei Railers, ma era stato scelto perché aveva un reparto di traumatologia cranica all'avanguardia. Mentre io guidavo, Bryan pregava sottovoce.

TREDICI

Bryan

Era successo qualcosa al palazzetto. Ero stato schiacciato da quel senso di colpa così familiare e non volevo irritare Gatlin, non volevo che si arrabbiasse con me e mi ero sentito debole e vulnerabile, ma quando aveva manifestato la sua preoccupazione di poter essere di troppo era riuscito a riportarmi alla realtà e Dio sa quanto ne avessi bisogno. Lui non era Aarni: era un uomo con un grande cuore che aveva capito quanto fossi angosciato.

Sapevo di essere sotto shock. Quando avevo visto Aarni attaccare Ten, avevo tentato di raggiungerli, volevo aiutare il mio compagno di squadra, ma non ero stato abbastanza veloce.

Ci avevo davvero provato.

Ero arrivato troppo tardi, Ten giaceva sul ghiaccio e una pozza di sangue si allargava sotto la sua testa. Mi ero buttato su Aarni, aggredendolo con calci e pugni, e lo avevo trascinato fuori dalla mischia, in campo aperto.

Avevo visto qualcosa nei suoi occhi mentre lo colpivo

a mani nude sul casco. All'inizio era piacere, poi si era trasformato in paura. Aveva cercato di liberarsi di me, mi aveva chiamato bastardo, aveva detto che ero inutile, ma cazzo, l'avevo fatto sanguinare. Qualcuno aveva provato e fermarmi, ma avevo reagito attaccando anche lui, poi era stata la voce di Stan a farmi desistere. Mi aveva afferrato le mani e mi aveva portato via da Aarni e Ten.

"*Dostatochno,*" continuava a ripetere fissandomi. Gli occhi gli luccicavano per l'emozione, ma non mi aveva lasciato andare finché non mi ero calmato. "*My ub'yem yego pozzhe,*" aveva aggiunto.

Non avevo idea di cosa significasse, ma ero sicuro che volesse dire che Aarni avrebbe pagato per quello che aveva fatto.

Poi mi ero ritrovato in quell'auto, a pregare che Ten se la cavasse, senza riuscire a capire come una cosa così stupida avesse potuto farlo finire in ospedale. L'hockey era un gioco pericoloso, scoppiavano spesso risse e tafferugli e qualcuno finiva con un labbro spaccato, qualche livido e le nocche sbucciate. Perché a Ten era andata così male?

Arrivammo nei pressi dell'ospedale e subito mi irrigidii alla vista dei giornalisti assiepati intorno ai cancelli. Era una notizia da prima pagina per la città ed ero sicuro che le immagini della nostra star che sanguinava sul ghiaccio stavano scorrendo su ogni telefono e schermo televisivo.

Un uomo che non riconobbi, con indosso una felpa dei Railers, ci indicò di proseguire alla sinistra dell'edificio dove notai la macchina lucida di Adler. Ci avevano riservato un parcheggio insieme agli altri giocatori.

"Prendete," disse Layton Foxx non appena fummo scesi dall'auto. "Ne avrete bisogno. Restate dove vi dicono di stare, non parlate con la stampa e niente social, per favore. Indossate sempre il pass e se avete domande…" Gli si ruppe la voce, aveva gli occhi lucidi per l'emozione. Era l'uomo che avrebbe dovuto gestire la situazione, ma era anche un amico di Ten. Tutti noi lo eravamo. Avrei voluto dirgli qualcosa per farlo stare meglio, era dura vederlo così spaventato, ma non riuscii a trovare neppure una parola che potesse funzionare. Non mentre provavo il suo stesso sgomento.

"Grazie," intervenne Gatlin. Prese i due pass e me ne mise uno al collo. "Ci penso io."

Layton fece un cenno con il capo per ringraziare. Stringeva i pass che gli erano rimasti con una forza tale da far sbiancare le nocche.

"Non so…" Cominciò a dire, poi scosse la testa. "Merda."

Gatlin gli cinse le spalle. "Come posso rendermi utile? Lascia che me ne occupi io." Con delicatezza gli prese i pass dalle mani e poi sospinse entrambi verso la porta d'ingresso.

"Ci penso io."

"Solo la squadra," disse Layton, evidentemente combattuto riguardo a ciò che avrebbe dovuto fare. Doveva occuparsi della squadra, ma là dentro c'era Ten che soffriva. "E i familiari," aggiunse.

"Va bene. Suppongo che qualcuno abbia avvisato la famiglia. Cosa dicono i fratelli?"

"Brady sta arrivando, Jamie è bloccato in Florida, ma sarà qui tra poche ore."

"E i genitori?"

"Stanno arrivando anche loro. Abbiamo mandato un autista a prenderli all'aeroporto. Se qualcun altro che non conosci vuole entrare, chiamami. Siamo d'accordo?"

"Contaci."

A questo scambio di battute la mia paura crebbe. Gatlin era tranquillo, ma sentire parlare di genitori e fratelli rendeva tutto troppo vero. Layton guardò prima Gatlin poi me, dopo di che entrò nell'ospedale e scomparve dalla vista.

"Io resto qui fuori, Bryan, va bene?"

"Eh?" Chiusi per un attimo gli occhi e maledissi la scena che mi avevano mostrato quella sera. Poteva essere la fine di Ten. Niente di più e niente di meno. Aveva davanti a sé un futuro brillante, ma per colpa mia si trovava in quella condizione. *Ho freddo. Perché ho così freddo?*

Gatlin mi prese il viso tra le mani. "Rimango qui come punto di riferimento per gli altri," disse muovendo i pollici in circolo sui miei zigomi fino a quando tornai vigile e attento. "Va bene?"

"Cosa?"

"È l'unico modo in cui posso aiutare."

"Grazie. Credo che Layton avesse bisogno di stare dentro. La sua squadra è…" *Spacciata? Distrutta? Ten è il cuore del gruppo. Siamo finiti. Ten è finito…*

"Basta, Bryan!" ordinò Gatlin con voce ferma. "È anche la *tua* squadra, quindi, qualsiasi cosa tu stia

pensando, smettila. Devi entrare e vivere questa
esperienza con la tua famiglia hockeistica. Io ti
raggiungo appena posso."

La paura che avevo dentro si era trasformata in
panico.

"Non ce la faccio."

"Respira," mi guidò lui. "Dentro, fuori."

Mi concentrai sulla sua voce e, in qualche modo,
miracolosamente, il panico scomparve. Mi avvicinai a
lui e gli presi le mani.

"Ti amo," dissi, perché sentivo il bisogno di ribadirlo
in quel momento.

"Ti amo anch'io," rispose con un sorriso, poi mi
diede una leggera spinta in direzione della porta. Una
macchina stava entrando nel parcheggio. "Devo
mettermi al lavoro," aggiunse e, con una strizzatina
d'occhio, si avviò a distribuire i pass.

Quando entrai, uno dei responsabili mi scortò a una
stanza privata sulla cui porta c'era un'etichetta che
recitava *Sala Operativa*. Immagino fosse il posto che
usavano per le emergenze e, probabilmente, l'unico dove
un gruppo numeroso come il nostro potesse rimanere in
attesa di notizie senza essere assediato dalla stampa. Lo
ringraziai, entrai e mi bloccai, incerto su dove
piazzarmi. Avrei dovuto mettermi vicino a Stan, in
qualità di portiere? Ero abbastanza bravo per stare con
gli attaccanti? Avevo qualche amico che aveva bisogno
di me?

Poi mi accorsi di quello che mi stava sfuggendo. Non
c'erano gruppetti, nessuno dava le spalle a me o agli
altri. C'era solo un cerchio di uomini che

chiacchieravano a bassa voce. Nessuno era arrabbiato, nessuno gridava. Il cerchio si allargò un po' e Dieter mi fece cenno di entrare, così mi feci avanti e un paio di ragazzi mi salutarono.

Non dimostrerebbero alcuna comprensione se sapessero che è stata colpa mia. Avrei dovuto avvisare Ten che era sul libro nero di Aarni. Avrei dovuto dire qualcosa a Jared…

"Le hai suonate per bene a quel pezzo di merda," disse Erik e mi diede una pacca sulla spalla. "Stan dice che sembravi incollato allo stronzo e che lo hai fatto sanguinare."

Io gli sorrisi, come se avesse potuto impedire a lui e agli altri di parlarne, ma non ci fu verso. Ero il cazzo di eroe del momento e solo perché avevo desiderato uccidere l'uomo che mi aveva fatto sentire spaventosamente fragile e bisognoso di attenzioni.

Quando la quinta persona mi ripeté la stessa cosa, esplosi. E non fu un bello spettacolo.

"È colpa mia se se l'è presa con lui. Lo aveva minacciato quando Ten me l'ha levato di dosso e adesso il nostro amico potrebbe morire, quindi piantatela di congratularvi con me per aver mandato tutto a puttane!" Le mie parole furono nette, affilate, dolorose da pronunciare e per un istante tutti mi fissarono, un paio a bocca aperta.

"Cosa?" domandò alla fine qualcuno. Non sapevo chi fosse stato, ma mi preparai ad affrontare la rabbia.

Connor fu il primo a muoversi, chiuse la porta della stanza e ci si appoggiò. "Comincia dall'inizio, Bryan."

Incrociai le braccia sul petto e alzai il mento in

modo da dare almeno l'apparenza di avere una spina dorsale.

"È colpa mia," ricominciai, ma Connor alzò subito una mano.

"Ten te lo ha dovuto levare di dosso?" domandò e io rimasi senza parole.

"Mi sono ficcato in una situazione stupida," dissi, riconoscendo il ruolo che avevo avuto in tutta quella storia. "Se non fossi andato sul tetto, Aarni non avrebbe avuto l'occasione di prendersela con me e tentare di… hai capito."

"Aspetta un momento, Aarni voleva farti del male?" chiese come se non lo avessi già spiegato.

"Non ha importanza. È stata colpa mia…"

"Basta!" scattò Connor.

Sbattei le palpebre aspettando di essere colpito da un pugno.

Stan si fece strada tra gli altri e mi si piazzò di fronte, bloccandomi la visuale di Connor. "Non urla a piccolo B," disse. Mi stava proteggendo.

A me?

"Non stavo gridando contro di lui," disse Connor e il suono della sua voce arrivò da molto più vicino della porta a cui era appoggiato, sembrava proprio davanti a Stan. "Levati di mezzo, stupido gigante russo," aggiunse, poi con uno sbuffo spinse Stan da parte. Il portiere si mosse leggermente, ma non abbandonò la sua posizione e quando lo guardai vidi che aveva un'espressione feroce. Sentii un'ondata di calore dentro di me, ma si dissolse subito quando realizzai quanto Connor fosse vicino. Improvvisamente faccia a faccia con il capitano, non sapevo cosa dire, ma poi lui iniziò a parlare e capii che non c'era bisogno che dicessi nulla.

"Non ti meriti affatto quello che Aarni avrebbe voluto farti. Chiunque di noi fosse passato di lì e lo avesse visto crearti problemi si sarebbe schierato al tuo fianco e ti avrebbe difeso. Questa cosa non ha niente a che vedere con te, riguarda Ten. Quello che vedo è un'azione premeditata di Aarni per fare del male a Ten, una minaccia che ha messo in atto, quindi voglio sapere esattamente quello che ha detto. A te e a Ten."

"Qui?" domandai facendo scorrere lo sguardo sugli altri Railers che sembravano altrettanto incazzati del capitano.

All'improvviso l'atteggiamento di Connor cambiò e sembrò imbarazzato. "No, merda, certo che no. Possiamo andare in un posto più tranquillo."

Quello era il momento. Avevo due possibilità, non raccontare la mia storia e nessuno avrebbe mai saputo nulla o togliermi quel peso dallo stomaco.

Non so neppure come riuscii a smettere di parlare una volta che ebbi iniziato. Avevo tantissimo da dire e buttai fuori tutto, finché non rimase altro da aggiungere. Dopo aver terminato, sentii un rumore provenire dalla porta. Gatlin era lì e sul viso aveva un'espressione comprensiva. Ci fissammo a lungo, poi lui si schiarì la gola attirando l'attenzione dei presenti.

"Mi dispiace interrompervi, ragazzi, ma Brady è a dieci minuti da qui."

Il Boston aveva giocato a Pittsburgh, a meno di quattro ore da noi, ma non poteva essere passato tutto quel tempo, giusto? Forse lo avevano autorizzato a usare l'aereo della squadra. In quel caso, però, la ferita di Ten doveva essere davvero grave.

In un istante nella stanza calò un silenzio rispettoso. Brady si sarebbe unito a questo gruppo di uomini che non era riuscito a proteggere il suo fratellino. Sarebbe stato distrutto dal dolore e furioso.

Tornammo alle nostre sedie, raccogliendoci in piccoli gruppi e io mi ritrovai con Stan ed Erik.

"Cosa mi hai detto in campo?" chiesi al russo dopo un momento di silenzio. Lui mi guardò con un'espressione vacua. "Mentre stavo picchiando Aarni," spiegai.

Sentendo quel nome, il portiere si irrigidì ed Erik gli posò una mano sul ginocchio. Quel gesto non bastò a calmarlo, gli occhi del gigante rimasero rabbiosi.

"Lo uccidiamo dopo," disse, poi intrecciò le dita con quelle del suo compagno. "Aarni, lo facciamo morto. Dopo di oggi."

Ero quasi certo che fossero parole retoriche, ma chi poteva saperlo quando si trattava del grande e terribile russo?

"Stan ha provato a entrare nello spogliatoio dei Raptors," aggiunse Adler alle mie spalle.

"Io ammazzo," continuò Stan e sembrava che nulla potesse dissuaderlo.

È sbagliato ammettere che quelle parole, pronunciate con voce bassa, roca e sicura, mi fecero pensare che Aarni avrebbe pagato per ciò che aveva fatto a Ten? Non avevamo saputo più nulla del mio ex dopo che era stato espulso.

"Connor si è messo in mezzo, una barriera umana

contro la furia di Stan," disse Adler dandomi di gomito. "È un uomo coraggioso. Io non avrei osato mettermi tra Stan e qualcuno che ha fatto del male a uno dei suoi amici."

Si aprì la porta ed entrò il coach Benning. Tutti scattammo in piedi e lui alzò una mano per interrompere le domande che erano iniziate a fioccare.

"Stanno facendo il possibile per non farlo soffrire," fu tutto quello che disse.

A tutti venne in mente la stessa domanda: che cazzo di bollettino era? Volevamo sapere se era ferito gravemente, se stava morendo, se avrebbe mai potuto tornare a giocare a hockey.

Nessuno ebbe la possibilità di porre quelle domande perché Gatlin rientrò nella stanza insieme a Brady Rowe. Il più vecchio dei fratelli Rowe era il capitano del Boston e ne aveva viste tante, come tutti i giocatori che avevano passato i trenta. Era calmo, ma il dolore e la paura che trasparivano dal suo sguardo mi procurarono una stretta al cuore.

Lo fecero entrare nella stanza di Ten e noi tornammo a sederci. Jamie sarebbe arrivato di lì a poche ore e poi ci avrebbero raggiunto anche i genitori. Saremmo rimasti in attesa a pregare. Avevamo una partita dopo due giorni, in casa, contro il Buffalo, ma tutto ciò a cui riuscivo a pensare era il sangue di Ten che colorava il ghiaccio in un modo che nessuno avrebbe più voluto vedere.

Rimanemmo seduti per la maggior parte della notte. Jamie arrivò e venne fatto entrare subito. Poco dopo fu la volta dei genitori, la madre con gli occhi cerchiati di rosso, ma con un'espressione stoica, e il padre pallido come un cadavere. Fu solo quando furono al capezzale del figlio che Jared uscì dalla stanza.

Non lo avevamo mai visto in tutte quelle ore, immaginavo che fosse rimasto al fianco di Ten per tutto il tempo che aveva potuto. Stan e Connor si alzarono e gli si avvicinarono, poi fecero un passo indietro, lasciandogli spazio. Lui prese un lungo sorso da una bottiglia d'acqua, poi, a fatica, iniziò a spiegare quello che poteva.

"Ci sono momenti in cui è cosciente e questo è un buon segno. Ha una frattura cranica causata dalla caduta. Non…" Jared deglutì e si schiarì la gola. "Non riesce a parlare e non può muovere il braccio sinistro. Ha una contusione…" Si toccò la testa, "…sangue nel cervello. E la lama di un pattino lo ha preso qui." Fece scorrere un dito dall'orecchio alla gola. "Questo, secondo i medici, spiega tutto quel sangue… è andata così vicino…" Gli si ruppe la voce e per un momento si piegò e appoggiò le mani sulle ginocchia. Aveva il respiro affannato.

"Vuoi sederti?" gli chiese Connor posandogli una mano sulla spalla.

"No… devo tornare dentro. Volevo solo… Era importante parlare con voi." Si fermò un attimo per riprendere il controllo della respirazione. "Ha mancato la carotide di un millimetro. Un soffio più in là e… Non possiamo fare altro che aspettare. Potete tornare a casa. Vi prometto che appena ci saranno delle novità chiamerò qualcuno per far girare il messaggio."

Nessuno voleva andarsene. Stan, testardo, rimase

seduto e fu l'unico a non fare ciò che gli allenatori e Connor volevano. Ci dicevano che dovevamo andarcene, ma Stan non cedette, anche se Erik dovette tornare a casa da Noah. Così rimasi con lui e né gli ordini né i tentativi di persuasione riuscirono a smuovere i due strani portieri.

Nossignore, non ci fu verso. Ero la riserva di Stan e quello era il mio posto.

E se voleva dire che nella partita seguente il Buffalo ci avrebbe segnato cento volte perché eravamo esausti, andava bene così.

Come era prevedibile, tutti i dirigenti – che cercavano di comportarsi in modo responsabile – si infuriarono con noi, ma quando i genitori e i fratelli di Ten uscivano, noi eravamo lì, gli portavamo il caffè e rimanevamo con loro fino a quando rientravano. Ci rendevamo utili.

"Odio questa cosa," borbottò Brady l'ultima volta che uscì dalla stanza. Diede un calcio al tavolo più vicino e poi uno alla porta. Sollevò una sedia e la scagliò contro il muro. Solo dopo che ebbe lanciato la terza, Stan intervenne. Gli bloccò le braccia e il maggiore dei Rowe scoppiò in lacrime.

Quando si separarono, nessuno di noi disse nulla. Ci saremmo portati quell'istante nella tomba: i giocatori di hockey non piangono. Vengono colpiti, si rialzano, il sangue sul ghiaccio viene spazzato via e si riprende la cazzo di partita.

Quindi non avremmo mai rivelato a nessuno che Brady Rowe, capitano di una squadra di hockey, era scoppiato a piangere tra le braccia di Stan e neanche che Stan si era unito a lui.

E neppure che vedendoli avevo pianto con loro.

Vedemmo Ten poco dopo le nove del mattino. Jared doveva parlare con i manager della squadra e voleva che Stan avesse la possibilità di vedere il suo amico. Non mi sarei mai aspettato di riuscire a entrare anch'io, ma il russo mi tirò per un braccio e non mi lasciò scelta. Mi parlava nella sua lingua madre e non voleva saperne di lasciarmi andare.

Entrando nella stanza di Ten, non sapevo cosa aspettarmi. Fili, tubi, la bocca coperta da una protezione, una combinazione di tutti gli orrori che avevo visto in televisione. In realtà, tuttavia, era tranquillo e sembrava che stesse semplicemente dormendo.

Stan con una manovra da giocatore di hockey mi spinse verso il letto e Ten, come se percepito la nostra presenza, aprì gli occhi e nelle loro verdi profondità vidi che ci aveva riconosciuto. Aveva la gola bendata, gli avevano rasato una parte della testa e, cazzo, era bianco come uno straccio, ma l'essenza di Ten era ancora lì e ancora concentrata.

Stan gli sfiorò il torace. "È tutto bene. Io uccide Lankinen."

Ten spalancò gli occhi e io diedi un colpetto al russo. "Non ammazziamo nessuno."

Stan si zittì e io non sapevo cosa dire anche se una parte di me voleva riempire quel silenzio. "Mi dispiace che ti abbia fatto del male. È tutta colpa mia."

All'inizio Ten sembrò frustrato dalla sua incapacità

di parlare. Poi alzò la mano, prese la mia, la strinse e mi guardò accigliato. Dopo di che scosse un po' la testa e fece una smorfia. Io gli diedi una strizzata alla mano, poi mi liberai dalla sua presa. L'altro braccio di Ten giaceva, inutile, sul letto e mi ricordai che Jared aveva detto che non riusciva a muoverlo.

Quando l'allenatore rientrò nella stanza, noi uscimmo in silenzio, ma mentre rivolgevo un ultimo sguardo all'uomo che baciava con delicatezza la fronte di Ten, mi sentii di nuovo afferrare dalla paura. E se Ten fosse stato finito? Cosa sarebbe successo se quel giocatore che già tutti immaginavano nella Hall of Fame, un autentico campione, non avesse recuperato? Come avrebbe potuto vivere il resto della sua vita senza hockey?

La vita era troppo corta, quindi perché io la sprecavo facendomi dominare dalla paura di me stesso e del mondo? Ero un giocatore di hockey con i contro-cazzi eppure la mia vita fino a quel momento era stata un miscuglio di insicurezza e stupidità.

Tirerò fuori il cazzo di eroe che ho dentro e diventerò la persona migliore che posso.

Prima di tutto però, dovevo trovare Gatlin perché volevo averlo al mio fianco quando sarebbe venuto il mio turno di piangere.

QUATTORDICI

Gatlin

Quante lacrime…

L'ultimo paio di giorni era stato come giocare una partita di *Silent Hill*: le nostre vite erano diventate grigie e nebbiose, piene di demoni che si aggiravano nascosti, trascinando enormi spade su pavimenti di metallo, il suono sempre più vicino, la morte in attesa dietro ogni angolo oscuro. Mi ero svegliato da quell'incubo diverse volte, di solito a orari del cazzo, per trovare Bryan che si rigirava nel letto o che era sparito. Quella volta, l'orrore mi aveva svegliato alle cinque del mattino e il mio uomo era al mio fianco che dormiva tranquillo.

Mi girai e lo toccai: il viso, l'orecchio, la fronte. Disturbato nel sonno, Bryan arricciò il naso. Mi fermai e lasciai che la mano gli scivolasse sul petto e lo stomaco. Con il palmo sul suo ombelico, l'odore di lui nelle narici, osservai il suo torace che si alzava e si abbassava.

"Abbiamo una partita stasera," mormorò intontito, facendomi spostare lo sguardo verso il suo viso. "Non riesco neppure a pensare di giocare in questo momento."

Mi avvicinai e gli baciai la spalla, proprio di fianco a una piccola voglia. Si mosse un po', una lenta ondulazione di muscoli che mi fece pensare a un serpente, il movimento che partiva dal collo e scendeva verso il basso, muovendo il corpo in modo sinuoso e ondeggiante.

"Bryan..." dissi, mentre la sensazione della sua pelle sulla mia accendeva desideri che non avrebbero dovuto avere posto in uno stato d'animo come quello in cui eravamo intrappolati.

"Non c'è nulla che vada bene," rispose, prendendomi il polso per portarlo verso il suo sesso. Le lenzuola morbide e fresche mi accarezzarono il dorso della mano. "Non c'è nulla che vada bene in questo momento. La squadra è sconvolta, Jared è in congedo prolungato, la lega sta indagando su Aarni e ciò li porterà a me. Dovrò raccontare di noi... dire loro come gli ho permesso di..." Fece un sospiro e strinse la mano sulla mia intorno al suo uccello. Il mio cazzo cominciò a indurirsi nonostante gli intimassi di non farlo. "Ten sta male e non c'è niente che vada bene. Questo però? Tu e io? È l'unica cosa buona che mi rimane adesso. Puoi amarmi? Dimostrarmi che ci sono ancora la luce e il bene?"

"Certo," sussurrai appoggiando la bocca sulla sua, intanto che le nostre mani unite lo accarezzavano lentamente. Poi allontanò la sua e io spostai le coperte per esporre il suo corpo. Lo toccai, lo baciai, lo succhiai quando me lo chiese e mi fermai quando era troppo. I suoi fianchi spingevano in avanti a ogni carezza delle mie dita. Mi feci strada verso il basso fino ad avere la sua erezione in bocca. Bryan gemette e le sue dita si strinsero sulle lenzuola così velocemente da farne saltare l'elastico che bloccava l'angolo al materasso. Dando piacere al mio uomo, riuscii, in qualche modo, ad allontanare da me la paura per le ferite del nostro amico. Con le sue palle sulla lingua e la mia mano che lo masturbava, ci lasciammo alle spalle l'oscurità, anche se solo per poco. In uno stato di beatitudine gli succhiai i testicoli, poi, con la lingua disegnai un percorso fino alla punta dell'uccello e lui si spinse verso di me alzando il bacino dal letto.

"Più forte, Gatlin… succhia più forte. Fammi venire. Fammi venire."

Quella richiesta ansimante mi fece quasi raggiungere l'orgasmo. Allontanai la mano dal suo sesso e me lo infilai fino in gola, mentre con l'altra mano gli accarezzavo le palle umide della mia saliva. Ingoiavo e nel frattempo mi masturbavo, la mia bocca andava sempre più veloce, finché non gli strappai un urlo di puro piacere che innescò anche il mio. Schizzai sulla sua coscia, mentre il suo sesso mi scivolava fuori dalla bocca lasciandomi una traccia di seme sulle labbra. Sgroppando come uno stallone, accelerai il movimento della mano, ogni brivido più intenso di quello precedente.

"Oh cazzo," mormorai e mi passai il palmo sulla punta dell'uccello, provocandomi altri brividi di piacere.

"Grazie," lo sentii dire prima che mi afferrasse la mascella e mi facesse girare la testa per avvicinare le nostre bocche. Mi fece girare sulla schiena e intrecciò le lunghe gambe alle mie, facendo strusciare i bacini mentre mi esplorava a fondo con la lingua. Quando il bacio si concluse, si alzò sulle braccia, le mani ai lati della mia testa. "Grazie di avermi donato un po' di bene."

"Non c'è bisogno di ringraziarmi." Gli presi il viso tra le mani. "Voglio darti tutto il bene che un uomo può dare a un altro. Ogni volta che ne avrai bisogno."

"Ti amo."

"E io amo te. Adesso vai a farti una doccia e pensa all'hockey. Tennant non vorrebbe vedere la sua squadra arrendersi solo perché lui è stato messo in panchina per qualche partita."

Sapevamo entrambi che Ten non sarebbe stato fuori dal campo per qualche partita. Sapevamo entrambi che lo aspettava un percorso lungo e difficile. Sapevamo anche che Tennant Rowe era un guerriero.

Bryan sbatté le palpebre, rubò un altro bacio e poi si alzò dal letto. Aveva il corpo arrossato per il sesso. Si avviò verso il bagno per farsi una doccia e prepararsi all'allenamento mattutino e il mio sguardo indugiò sul tatuaggio sulla parte bassa della sua schiena. Non c'era più nulla di brutto, solo arte, bellezza, colori e luce. Mi alzai di scatto – per quanto potesse scattare un uomo della mia età – e afferrai il bloc notes e le matite colorate dalla cassettiera. Poi feci alcune telefonate fino a che riuscii a farmi passare Brady Rowe.

Lasciai l'appartamento subito dopo Bryan. Non

avevo appuntamenti fino alle due – uno dei vantaggi di essere il proprietario del negozio – così andai all'ospedale portandomi uno zainetto pieno di matite, penne e un nuovo blocco su cui avevo raccolto molte idee. Non sapevo se sarei riuscito a vedere Tennant, ma dovevo provarci. Nel caso la sua famiglia mi avesse lasciato entrare e lui non fosse ancora stato in grado di parlare, mi ero persino portato il campanello del bancone. Avrebbe potuto suonarlo una volta per dire sì e due e per il no. Se non avesse funzionato, avrei disegnato le lettere su un foglio, recitato l'alfabeto e lui avrebbe suonato sulla lettera giusta fino a che fossimo riusciti a formare delle parole. Se aveva funzionato per *Breaking Bad*, avrebbe funzionato anche per noi.

Nel mio piano perfetto, ci fu solo un piccolo imprevisto quando mi trovai davanti una guardia seduta fuori dalla stanza di Ten. Quella era una novità, probabilmente qualche blogger stronzo o qualche tifoso avevano provato a introdursi nella camera per vedere o parlare con Tennant o per fargli una foto, non ne sarei stato sorpreso. Mi avvicinai a quell'uomo con il completo scuro e gli occhiali ancora più scuri, mi fermai a mezzo metro di distanza nel caso avesse un taser. Con la mia faccia poco curata, i jeans strappati, gli scarponi e la maglietta di *Sons of Anarchy - Redwood Original* sotto una giacca di jeans dei Led Zeppelin dipinta a mano, non ero esattamente una persona dall'aria rispettabile. Ed ero sicuro che i tatuaggi che mi spuntavano dalle maniche e dal colletto aggiungessero un tocco di classe al mio look.

La guardia si alzò dalla sedia pieghevole e mi fissò

dall'alto in basso. Poi parlò. Qualsiasi cosa stesse dicendo, non era in inglese. Sospettai fosse russo. L'uomo aveva le dimensioni di un elefante maschio e la sua testa calva brillava sotto la luce al neon. Avevo sentito Stan dire che "conosceva della gente" ma non avevo mai sospettato che davvero "conoscesse della gente" che avrebbe fatto prima a strapparti la milza con un coltello arrugginito che a guardarti in faccia.

"Bla-bla-bla-bla-bla. Adesso vattene."

Sistemai meglio lo zaino sulla spalla, pronto a iniziare una discussione quando una voce dietro di me chiamò il mio nome. Mi girai e vidi Ryker, il figlio di Jared, che veniva verso di noi portando un vassoio pieno di grandi tazze di caffè.

"È a posto, lo conosciamo," disse il ragazzo – che sembrava conoscere Mr. Pachiderma Incazzato – all'addetto alla sicurezza/guardia del corpo/essere umano terrificante.

"*Da*." L'uomo si sedette e tornò a fissare i buchi nella parete.

"È un conoscente di Stan. Abbiamo rinunciato a chiedere altro," mi informò Ryker mentre cercava di spingere la porta con l'anca. Mi affrettai ad aiutarlo ad entrare nella stanza privata. "Grazie." Dalla voce flebile e dalle occhiaie era chiaro che era esausto.

"Papà, guarda un po' Igor chi stava intimidendo."

Entrai dietro di lui, sentendomi totalmente fuori posto. Jared era seduto di fianco a Tennant su una brutta sedia arancione. Aveva la barba lunga e delle borse sotto gli occhi degne di quelle del figlio. Ten era ancora pieno di tubi e cavi, ma gli occhi, quegli occhi verde brillante, erano vigili.

"Ehi," disse con una voce rauca dopo un lungo istante. Il volto di Jared fu illuminato da un grande sorriso.

"Ehi, riesci a parlare, è fantastico. Forse non sarei dovuto venire, ma ho questa idea in testa…"

"Non essere sciocco, siediti qui," disse Jared alzandosi con un gemito causato dai ripetuti schiocchi della sua colonna vertebrale. "Ho bisogno di sgranchirmi le gambe." Diede un bacio leggero sulla fronte di Ten. Io rimasi ai piedi del letto, abbagliato dal bianco delle pareti e delle lenzuola.

"Solo due persone possono stare nella stanza nello stesso momento," spiegò Ryker prima di accomodarsi su una sedia altrettanto brutta in un angolo della camera. La finestra era aperta e la luce che filtrava dalle persiane disegnava strisce sull'uomo che giaceva in mezzo a tutte quelle macchine tra le lenzuola candide.

"Cazzo, non lo sapevo. Meglio che me ne vada e lasci rientrare Jared."

"No, davvero, va bene così. Aveva davvero bisogno di fare due passi," disse Ryker e si lasciò sfuggire uno sbadiglio.

"Va bene," intervenne Tennant e io mi girai verso di lui. "Felice… veder… ti."

"Anch'io sono contento di vederti. Ascolta, non ci metterò molto, sono sicuro che i tuoi genitori e i tuoi fratelli arriveranno presto."

Tennant annuì, ma il movimento gli causò una

smorfia di dolore. Vedendolo, Ryker si staccò di scatto dallo schienale, poi, quando vide che lo spasmo era passato, tornò a rilassarsi.

"Mamma… biscotti."

Mi strappò un sorriso. Mi tornarono in mente quelli che faceva mia madre e come mi facevano stare bene quando da bambino avevo bisogno di conforto. In certi momenti i miei genitori mi mancavano tantissimo.

"Farò in un lampo." Mi levai lo zaino e tirai fuori il bloc notes, poi mi avvicinai a Ten. Dai macchinari a cui era attaccato uscivano suoni regolari. "Non so se lo sai, ma Bryan ha una brutta cicatrice sulla schiena dovuta a una caduta contro un vetro."

"Tatuato…"

Annuii. "Sì, l'abbiamo coperta e abbiamo trasformato qualcosa che lui percepiva come brutta in una cosa bella. Credo che potrò fare qualcosa anche per il tuo collo quando starai meglio." Guardai la spessa fasciatura bianca che gli girava intorno alla gola e mi tornarono in mente le parole che Jared aveva pronunciato il giorno dell'incidente: un millimetro più in là e avrebbe potuto morire dissanguato. È così breve il tempo che possiamo trascorrere con coloro che amiamo, la vita è un salto nel buio e bisogna approfittare di ogni istante. "Ho parlato con tuo fratello Brady, lo storico di famiglia. Mi ha detto che la vostra stirpe risale ai tempi della conquista dell'Inghilterra da parte dei Normanni. A quanto mi ha detto, i primi Rowe possedevano una residenza in Norfolk che gli fu donata da un duca come ricompensa per la loro alleanza nella battaglia di Hastings." Feci una pausa per controllare che Ten non si stesse stancando, ma era concentrato e attento, così proseguii.

"Brady mi ha inviato un'immagine del vostro stemma. L'animale principale è un leone che è un simbolo di coraggio, forza, valore e nobiltà. Tutte caratteristiche che ti appartengono e che dimostrerai ancora una volta nella battaglia per recuperare da questo infortunio. Quindi, se tutto quello che ti ho detto ti ha appassionato, pensavo che potrei tatuarti un leone dorato sopra la cicatrice. Questa…" girai le pagine per mostrargli lo schizzo di un leone medievale, "è un'interpretazione fedele di quello del blasone della vostra famiglia. L'ho disegnato in piedi sulle zampe posteriori che brandisce una spada perché, diciamocelo, un leone con una corona che sventola uno spadone è davvero fico."

Entrambi gli uomini annuirono borbottando qualcosa.

"In più, stando in piedi coprirà tutta la cicatrice. Cosa ne pensi?"

I grandi occhi di Ten brillavano.

"Amico," disse con voce roca e io non riuscii a capire se voleva dire che era felice, che stava soffrendo o altro.

"Devo chiamare l'infermiera?"

Scosse la testa con cautela e sorrise. Ryker si raddrizzò sulla sedia, reggendo il caffè, e ripeté: "Amico..."

"Posso fare qualcosa di diverso…" Provai a chiudere il bloc-notes, ma Tennant mi fermò con una specie di grugnito.

"Damme…lo…" disse facendo ancora fatica a scandire le parole.

Strappai la pagina dal blocco e Ryker la prese. "Sarà pronto a farsi tatuare non appena starà meglio. Dico bene, Ten?"

Lui ci mise un po' a rispondere, ma quel "Certo" che pronunciò infine era valso l'attesa.

Uscendo dalla stanza incontrai i signori Rowe. La madre di Ten, fedele alla parola data, aveva una scatola di latta tra le mani. Mentre me ne andavo Igor non mi fermò, il che fu abbastanza deludente. Dopo una breve sosta in bagno, mi rimisi lo zaino in spalla e mentre ripartivo notai Jared e suo figlio fermi in una nicchia vicino a un distributore automatico di bibite. Dovevano aver lasciato la stanza per permettere ai genitori di Ten di entrare. Il suono della loro conversazione arrivava fino al corridoio.

"… non sta succedendo. Non riesco a farmene una ragione." Ryker tossì, sembrava davvero scioccato. "Papà, cosa cazzo farà Ten senza hockey?"

"Calma, nessuno ha detto che non potrà più giocare e noi non permetteremo che questo genere di idee ci entri in testa." Jared prese tra le mani il viso del figlio in modo gentile, ma fermo.

"Sì, va bene, d'accordo. Lo so, scusa. È solo che… questa cosa mi ha sconvolto. Sto lì seduto a guardarlo… dovrò andare a giocare per quella squadra dopo il diploma. Papà, non sopporto l'idea di diventare un Raptors, perché cazzo dovevano scegliermi proprio loro? È tutto una merda… Ero così contento di essere stato selezionato e adesso…"

"Lo so, ma ci penseremo più avanti. Per ora concentriamoci su Ten, d'accordo?"

Abbassai la testa e alzai le spalle cercando di diventare invisibile. Non che dovessi preoccuparmi di essere visto, poiché i due si stavano abbracciando e non avrebbero certo notato un tizio tatuato che passava di lì.

Tornai a casa deciso a mangiare qualcosa e mettermi al lavoro. Quando entrai in negozio, trovai mio fratello e Jess, seduti sul divano, alle prese con quello che sembrava un autentico tea party. Guardai dubbioso loro e la teiera appoggiata sul pavimento e andai a controllare se nel frigo sotto il bancone c'era qualcosa che non fosse ammuffito.

"Il pollo l'ho mangiato io," mi avvisò Jess. Chiusi la porta del frigo, mi raddrizzai e le scoccai un'occhiataccia a cui lei replicò con una smorfia. "Era rinsecchito, ti ho fatto un favore."

"Okay, allora, chi è chi?" domandai appoggiandomi al piano di vetro per guardarli. "Ovviamente Jess è il Cappellaio Matto." Lei si toccò il cilindro rosa che si intonava alla perfezione con la gonna dello stesso colore e il top nero. Garrett controllò l'orologio. "E tu sei il Bianconiglio."

"Disse la Lepre Marzolina," rispose mio fratello, poi prese un sorso di tè.

"Ha." Li lasciai al tè e alle chiacchiere e, con lo stomaco che brontolava, andai a sedermi alla mia postazione. Una voglia di biscotti con la glassa mi travolse. Con lo sguardo passai in rassegna ciò che c'era sulla mia scrivania: le bollette, i quaderni, gli schizzi e gli appunti, una tazza vuota, una sventagliata di matite, sia nuove che usate. Di fianco al laptop notai i miei occhiali e ciò risolse un primo mistero. In un angolo, sepolta sotto diversi numeri di riviste dedicate al tatuaggio e una scatola di fazzoletti di carta, c'era una foto della mia famiglia.

Spostai le cose, la presi, la poggiai sopra i giornali e la studiai. Mamma, papà, Garrett adolescente io e Gina. Mia sorella doveva avere al massimo un paio d'anni, era seduta in grembo alla mamma, mentre noi ragazzi eravamo ai due lati e papà in piedi dietro di lei.

Le cose andavano bene a quei tempi. Prima della morte di Gina. Quando papà e mamma amavano ancora il loro secondo genito. Se fossi stato nelle condizioni di Tennant, sarebbero venuti a trovarmi? Mamma mi avrebbe preparato quei biscotti con la glassa di zucchero? Si sarebbero seduti al mio fianco? Mi avrebbero perdonato? Se glielo avessi chiesto mi avrebbero assolto per aver lasciato morire mia sorella da sola?

Avevo il telefono in mano. Non mi ricordavo di aver composto il numero, ma dovevo averlo fatto perché sentii il segnale del libero, poi… poi mia madre domandò chi era.

"Mamma." La parola mi uscì strana. Mi sentivo come Tennant, dovevo lottare per trasformare i pensieri in parole che speravo sarei riuscito a pronunciare correttamente. "Sono io… Gatlin."

"Gatlin." Rimasi in attesa di qualcosa, non so di preciso cosa. "È passato tanto tempo. Perché hai smesso di telefonare? Ci siamo preoccupati. Tuo fratello sta bene?"

"Sì, ehm, sì, mamma. Stiamo tutti e due bene." Mi girai sulla sedia e me lo trovai lì, sulla porta, fermo, il viso immobile che non lasciava trasparire alcuna emozione. Classico Garrett. "Stiamo bene. Papà sta bene?"

"Sì. È fuori a fare i suoi lavoretti."

Quelle parole mi fecero sorridere e inumidire gli occhi, ma più che altro sorridere. Fare i suoi lavoretti, un'espressione che solo una madre userebbe.

"Mamma, se mi trovassi malato in ospedale, mi porteresti i biscotti con lo zucchero?"

Garrett corrucciò la fronte fino a farla somigliare a un campo appena arato.

"Quelli con la glassa?"

"Sì, quelli."

"Certo. Sei malato?"

"No, non sono malato, ma… mi dispiace per Gina, mamma." Mi era uscito dalla bocca senza che lo volessi, come le briciole del pane tostato che ti cadono sulla maglietta mentre mastichi.

Ci fu un lungo silenzio dall'altro capo del filo. Le lacrime mi facevano sbattere le palpebre e le sopracciglia di Garrett disegnavano una "V" molto marcata.

"No, Gatlin, abbiamo sbagliato noi a prendercela con te. Non è stata colpa tua." Poi cominciò a piangere. "Ci mancate tanto voi ragazzi, molto di più di quanto potreste immaginare. Mi dispiace di averti…"

Si interruppe, travolta dall'emozione. Io non sapevo cosa dire poiché non avevo pianificato nulla di tutto ciò. Chiamarla era stato un gesto impulsivo in un momento di follia dovuto ai signori Rowe e alle loro attenzioni per il figlio più giovane.

"Le manchiamo," borbottai mentre mia madre cercava di riprendere il controllo. "E le dispiace."

Garrett mi guardava senza espressione e io mi sentivo allo stesso modo. "Beh, è un inizio."

Sì. Sì, lo era.

QUINDICI

Bryan

La partita fu un disastro. Avevamo iniziato con le migliori intenzioni, ma quella notte ci fu impartita una delle lezioni più severe della nostra carriera. Facevamo troppo affidamento su Ten e senza di lui non riuscivamo a combinare nulla. La squadra era troppo vulnerabile dal punto di vista emotivo e perdere il nostro asso era stato come perdere il cuore pulsante.

Stan ci aveva guidato fuori dagli spogliatoi con assoluta determinazione: mentre uscivamo, sulle pareti rimbalzavano ancora le nostre urla "Facciamolo per Ten!" E se quelle parole erano forzate, se le nostre intenzioni erano offuscate dalla preoccupazione, fingemmo che non fosse così. Avremmo potuto farcela, la squadra avrebbe potuto strappare una vittoria anche senza Ten. Lo avremmo rimpiazzato con la nostra determinazione, avremmo serrato le fila e avremmo mantenuto la rotta.

Stan, però, non era nello stato mentale giusto. A metà del secondo tempo, dopo aver subito quattro goal, spaccò il bastone contro la porta. Pregai che l'allenatore non mi facesse entrare e questi dopo un'accesa discussione con Stan, visto il punteggio, decise che ormai non aveva più importanza o forse che aveva troppa importanza per il russo e non effettuò la sostituzione. Credo che si fosse reso conto che Stan doveva sfogare la sua rabbia. Il resto della squadra riuscì a serrare i ranghi e alla fine la partita terminò con lo stesso doloroso punteggio di quattro a zero.

Anche il pubblico era sottotono. Si vedevano molti cartelli che inneggiavano a Ten, c'erano state delle interviste commuoventi sui social media e, cosa più importante, sulla panchina mancava Jared.

Poi ci fu anche la protesta all'esterno, cominciata molto prima che noi arrivassimo al palazzetto. C'erano i membri di una qualche chiesa che sfruttavano ciò che era successo a Ten come prova del fatto che Dio odiava gli omosessuali. Era proprio quello che dicevano i loro cartelli e io sarei voluto andare là a strapparglieli dalle mani. Ten non era *solo* un giocatore di hockey e non era *solo* un gay. Quelle caratteristiche non bastavano a definirlo, era un essere umano e quella gente lo stava spogliando della sua umanità. Stan si avviò davvero nella loro direzione, ma Pete, il nostro addetto alla sicurezza, era una specie di muro, e riuscì a convincerlo a desistere.

Alla fine della partita erano andati via perché erano scoppiati dei tafferugli: alcuni fedelissimi dei Railers, e persino qualche tifoso della squadra avversaria, li avevano attaccati e alla fine la polizia era intervenuta a disperdere i contendenti. Ovviamente ciò non aveva fermato le troupe televisive che avevano filmato tutto e quindi i titoli dei telegiornali si trasformarono all'istante da 'giocatore di hockey ferito' a 'ferito giocatore di hockey dichiaratamente omosessuale'.

"Puoi parlarmene se vuoi," mormorò Gatlin. Eravamo a letto, sdraiati su un fianco, lui dietro di me mi cingeva la vita con un braccio e il suo respiro mi solleticava il collo. Eravamo lì da quando ero rientrato a casa: mi aveva guardato e aveva indicato il letto senza fare alcuna domanda.

"Non saprei cosa dirti," risposi dal profondo del cuore.

Mi baciò il collo, mi tirò la coperta fino al mento e si strinse a me.

"Quando vorrai, io ci sarò," sussurrò.

Anche se lì ero felice – lontano dalla folla piena di odio che avrebbe voluto che io e gli altri come me bruciassimo all'inferno, e senza il bisogno di pensare alle terribili condizioni della squadra – gli occhi mi bruciavano, sentivo un dolore nel petto e non sapevo se avessi voglia di piangere, urlare o protestare per l'ingiustizia di quello che era successo. Le previsioni riguardo a Tennant non erano buone: oltre alla frattura cranica che aveva causato un'emorragia interna, c'era un ematoma che premeva sulla colonna vertebrale. Aveva perso la sensibilità alle gambe e nessuno era in grado di dire quando avrebbe potuto lasciare l'ospedale.

"Possiamo andare a trovare Ten?" domandai girandomi tra le braccia di Gatlin per poterlo guardare negli occhi.

"Ogni volta che lo vorrai." Sembrava perplesso di fronte a quella richiesta.

"Adesso, intendo proprio adesso. So che Jared è là e non starà certo dormendo. Vorrei portargli del caffè, da mangiare, qualsiasi cosa di cui possa avere bisogno." Mi accorsi che avevo un tono di voce nervoso, quasi disperato, ma quella sera avevo visto i Railers crollare e avevo avuto ancora la sensazione che fosse colpa mia, quindi *avevo bisogno* di fare qualcosa che cancellasse quelle paure dalla mia mente.

Devo dare atto a Gatlin che non batté ciglio, mi baciò sul naso – un bacio leggero, solo un promemoria di quello che ero per lui – e poi si alzò dal letto. Solo dopo che si fu infilato i jeans si voltò verso di me e si accorse che ero rimasto sotto le coperte.

"Adesso va bene, Bryan," mi disse.

Avevo davvero aspettato che lo dicesse? Mi serviva il suo permesso? Gesù, quanto ero incasinato? Finito di vestirsi, Gatlin prese le giacche e le chiavi e in men che non si dica ci ritrovammo al drive in di McDonald a prendere caffè e da mangiare. A causa dell'attenzione mediatica e del conseguente aumento dei rischi, quella mattina avevano spostato Ten in uno spazio privato controllato da un servizio di sicurezza. Non conoscevo le due guardie, ma loro riconobbero me. Anche così, tuttavia, non potevano lasciarmi passare. Ero, sì, sull'elenco delle persone autorizzate, ma a mezzanotte avevano l'ordine non fare entrare nessuno.

"Va bene," dissi, "Volevo solo…"

"Bryan, Gatlin," mi interruppe Jared spuntando alle

spalle dei due addetti alla sicurezza. Si sfregò gli occhi arrossati. "Cosa c'è che non va?"

"Dovremmo essere noi a chiedertelo," dissi e gli allungai il sacchetto con gli hamburger. Lui lo prese, io gli passai anche i caffè e lui si trovò a doversi destreggiare per reggere tutto. "Scusa," dissi e cercai di riprendere le bevande con il risultato che rischiarono di rovesciarsi e fu solo l'intervento di Gatlin a evitare il disastro. *Sono così goffo.*

Ero molto scosso e Jared mi fissava come se fossi un idiota, oppure era solo confuso?

"Venite dentro. Sono andati tutti a casa, anche se la mamma di Ten si è fermata fino a qualche minuto fa. Prima è passato il dottore e mi sa che sto ancora cercando di elaborare quello che mi ha detto. Sono agitato, non so neppure se oggi ho toccato cibo. Avevo bisogno di una boccata d'aria, ma mi farebbe davvero piacere se qualcuno mi facesse compagnia, mi parlasse e mi dicesse…" Si fermò e scosse la testa. "Vi chiedo scusa, sto sproloquiando."

Non si ricordava se aveva mangiato? Mi chiesi anche quanto avesse dormito dalla sera dell'incidente. Sembrava ingobbito e aveva il volto scavato, niente a che vedere con l'uomo che da solo riusciva a terrorizzare una linea di difensori. Poi capii: in quel momento aveva bisogno che qualcun altro fosse forte per lui. Non un ragazzino nevrotico, divorato dal senso di colpa, ma un uomo e con Gatlin al mio fianco avrei potuto essere io. Lo sentivo, era come un fuoco che mi ardeva nelle vene.

"Saremmo felici di farti compagnia," dissi e Gatlin mi diede un colpetto sul braccio. Mi piace pensare che fosse orgoglioso di me. Cazzo, persino *io* ero orgoglioso di me stesso.

Lo seguimmo oltre le guardie che ci rilasciarono un tesserino e ci fecero accomodare in una piccola anticamera con un tavolo e delle sedie. Le pareti erano di un tenue color crema, ognuna decorata da un quadro, e con finestre che si affacciavano su un giardino privato. Era illuminata dalla luce della stanza di fronte, che era una piccola cucina. Jared si lasciò cadere sul divano più vicino, di fronte alla porta, e lo vidi rilassarsi centimetro dopo centimetro sui cuscini morbidi. Dopo di che posò il sacchetto del cibo accanto a sé e si gettò sul caffè come se avesse bisogno di caffeina più che dell'aria che respirava.

"Credo che dovrebbe mangiare," dissi a Gatlin, che annuì. Con una mossa disinvolta degna di Ten in persona, riuscii a strappare il caffè a Jared e a frugare nella borsa del McDonald's per trovare un cheeseburger. "Mangia", gli ordinai. Per un momento pensai che si sarebbe messo a discutere, poi prese il panino e iniziò a scartarlo. Diede un primo morso, esitante, come se temesse che fosse avvelenato, ma dopo aver masticato per un secondo, ingoiò il boccone e poi mangiò tutto quell'hamburger più un altro che avevamo preso per sicurezza. Dopo di che si avventò sulle crocchette di pollo e le patatine fritte e si fermò solo quando il sacchetto fu vuoto. Inframmezzò quel banchetto con rumorose sorsate di caffè e alla fine si appoggiò allo schienale del divano e chiuse gli occhi.

"Allora, sono riusciti a far diminuire la pressione

dell'ematoma e Ten sta riacquistando la sensibilità nelle gambe," disse dopo un momento di pace.

Dentro di me si accese subito la speranza. "È una cosa positiva, no?" Mi sedetti di fianco a lui sul divano. "No?"

Jared aprì gli occhi, erano lucidi per l'emozione. "Sì, riabilitazione, terapia, sa il cazzo cosa, ma sarà in grado di alzarsi da quel letto senza l'aiuto di nessuno."

Non penso di aver mai provato una simile sensazione di leggerezza. Ten stava tornando. "Ricomincerà a pattinare in tempo zero." Ne ero sicuro.

Jared annuì piano, ma non sorrise. "Ancora non riesce a parlare bene e certe volte, anche se cerca di dire cose semplici, balbetta. Il danno che ha subito potrebbe essere troppo grave perché possa tornare sui pattini. Non è possibile dirlo."

Mi avvicinai a lui e gli posai una mano sul ginocchio. "Ten è giovane ed è un guerriero." Guardai Gatlin che mi stava rivolgendo un sorriso incoraggiante. "Sono convinto che presto sarà in forma."

Anche Jared sorrise, anche se i suoi occhi rimasero tristi. "Oggi sono venuti i poliziotti," disse con una voce così bassa che dovetti sforzarmi per riuscire a sentirlo.

Erano stati anche da me per chiedermi una dichiarazione su quello che era successo sul tetto e sul tipo di persona che pensavo fosse Aarni Lankinen, ma non avevo idea di cosa sarebbe successo.

"Per quello che è successo in campo?"

"Le riprese non sono chiare, non mostrano se Aarni ha infierito su Ten. Non importa se lo aveva minacciato. Dicono che l'hockey è così."

"Cristo."

"Lo capisco. È solo che non so come farò a..." Si sfregò gli occhi. "Fammi un favore, fai girare la voce sugli esiti dell'operazione alla squadra, fai in modo che lo sappiano tutti. Sono stanco di continuare a raccontare la stessa storia."

Digitai un messaggio nella chat dei Railers, ma prima di inviarlo lo mostrai a Jared.

L'operazione di Ten è andata bene. La sensibilità nelle gambe sta tornando.

Avrei voluto aggiungere che era una notizia fantastica, che ero pieno di speranza e che Jared aveva mangiato. E anche che i poliziotti erano venuti a parlare con Ten, ma non lo feci. Mi limitai ad aspettare un cenno di conferma di Jared e poi inviai il messaggio. Non spettava a me raccontare la parte riguardante il mio ex e, comunque, avevamo già abbastanza problemi senza gettare altra benzina sul fuoco.

Quella sera Aarni non aveva giocato con i Raptors, era rimasto in tribuna. Non sapevo se fosse una punizione della squadra o meno. Sia i giornali statunitensi che quelli canadesi davano la notizia nelle loro pagine sportive, e so che se fossimo stati lassù, in quel momento i reporter sarebbero stati accampati in albergo. Ten rappresentava la nuova generazione di giocatori e aveva un potenziale da star. Sembrava che tutti fossero interessati alla sua guarigione, anche al di fuori della stretta comunità dell'hockey.

Qui, tuttavia, c'era pace e ne ero felice.

Jared si alzò, si stirò, poi appallottolò le cartacce e buttò tutto nella spazzatura.

"Grazie," disse mentre si avvicinava alla porta. "Ne avevo bisogno."

"Non c'è di che," risposi. Gatlin mi prese la mano e intrecciò le dita con le mie. "Mangiare fa sempre bene."

Jared fece una risatina. "Non è solo per il cibo vi sto ringraziando, Bryan."

———

Quando arrivò la notizia che la lega aveva sospeso Aarni per cinque giornate, ci trovavamo a Washington e in meno di otto ore ci aspettava una partita. L'allenatore Benning ci comunicò la decisione del Dipartimento di Sicurezza della National Hockey League e l'umore nello spogliatoio passò in un istante da stanco a furioso.

"Cinque," ripeté Adler e scagliò i guanti nel suo cubicolo. "Cristo, non hanno visto cosa ha fatto?"

"C'è di più," continuò il mister, alzando una mano perché ci calmassimo e potesse continuare a leggere. "Lankinen ha rilasciato una dichiarazione."

"Pezzo di merda," sbottò Connor.

"Io ammazza," urlò Stan e si alzò stringendo i pugni. Avrei voluto unirmi a lui e dirgli che ero pronto ad aiutarlo. Cinque giornate erano uno scherzo.

L'allenatore aspettò che ci fossimo calmati. "Ciò che ho fatto è stato più di un semplice momento di distrazione o un'imprudenza: Tennant Rowe era chiaramente indifeso e mi rendo conto di aver lasciato che le mie emozioni prendessero il sopravvento. Sono in contatto con la famiglia Rowe e ho deciso di accettare la decisione della lega senza presentare appello. Non ho altri commenti da fare su questa vicenda."

Il rumore che riempì la stanza fu assordante, una cacofonia di imprecazioni e minacce. Ancora una volta il coach lasciò che ci sfogassimo.

Erik era di fronte a Stan, gli teneva una mano sul torace e gli parlava. Il russo aveva un'espressione feroce e determinata. Guardai Connor che era in piedi, in silenzio, in mezzo alla stanza con i pugni serrati. E io? Il senso di colpa non se ne era andato. Ten e io avremmo dovuto dire qualcosa prima riguardo ciò che era successo sul tetto. Se lo avessimo fatto, sarebbe bastato a impedire quella tragedia? Uno alla volta ci calmammo tutti e tornammo nei cubicoli che ci erano stati assegnati. Tutti gli occhi erano puntati sul mister. Cosa sarebbe successo?

"Per quel che riguarda la partita di stasera," cominciò, "se oggi Brady e Jamie Rowe sono riusciti a tornare in campo con le loro squadre, possiamo farcela anche noi. Tutti noi. Per Ten. La nostra squadra non è solo lui, questa stanza è piena di talento e, che ci piaccia o no, dobbiamo scrollarci di dosso tutto ciò che è successo. Se Ten fosse qui, vi direbbe le stesse cose e lo sapete."

Ci fu un brusio di approvazione, poi tornò il silenzio.

"Okay. Il Washington è una squadra forte e determinata e scenderanno in campo con la loro formazione migliore. Andate a casa, riposatevi, mangiate carboidrati, tirate fuori i vostri portafortuna, fate i vostri rituali scaramantici e tornate qui pronti a giocare a hockey come sanno fare i Railers."

Non aspettò di avere la nostra approvazione, ma se ne andò, seguito dagli altri allenatori. Dopo che la porta fu chiusa, tutti gli sguardi si rivolsero a Connor.

Lui guardò per un momento il soffitto, poi sospirò. "Ho voglia di fare del male a quell'uomo per ciò che ha fatto a Ten. Quella notte mi sono sentito come se la nostra squadra fosse stata distrutta e ho pensato che fosse tutto finito. Perché continuare?" Fece una pausa, ma nessuno intervenne. Non poteva limitarsi a dirci che pensava che non ci fosse più niente da fare. Incrociò le braccia sul petto. "Dobbiamo continuare perché siamo ancora una squadra. Perdere il nostro asso è doloroso, ma possiamo serrare i ranghi. Charlie, lo so che sei tu a trovarti nella situazione di merda di dover sostituire il centrale nella linea di Ten, ma se lui non c'è non è la sua linea, è la tua."

"Sì, capo," disse Martin "Charlie" Brown. Era stato il centrale della quarta linea così a lungo che passare alla prima, contro i migliori difensori dell'altra squadra, sarebbe stato tutt'altro che facile.

"La difesa deve chiudersi meglio davanti alla porta. Ali, abbiamo buchi da chiudere in tutte e quattro le linee. Gids?"

Gideon "Gids" Levesque alzò lo sguardo sorpreso. Poveraccio, era stato convocato dalla serie minore per chiudere il buco nella quarta linea, mentre tutti gli altri venivano spostati. Nessuno voleva quel posto per un motivo tanto triste. Aveva l'espressione di un coniglio spaventato, ma, quanto meno, nell'ultima partita aveva giocato meglio di tutti noi.

"Capitano?"

"Il motivo per cui sei qui fa schifo, ma ti meriti quel posto e nell'ultima partita lo hai dimostrato. Continua così."

Gids si raddrizzò e tirò indietro le spalle. "Sissignore."

"Stan, Bryan, siete la nostra ultima difesa. Fermate quei dischi se non ci riusciamo noi. Stan, tu devi cercare di calmarti. Fallo per me."

Stan borbottò qualcosa in russo, poi sospirò rumorosamente. "Io prende tutti dischi. Io molto coraggio," aggiunse e nella sua espressione rabbiosa si leggeva una determinazione assoluta.

"Quello che ha detto lui," scherzai quando fu il mio turno. Qualcuno rise alla battuta e l'atmosfera tesa si stemperò quel tanto che bastò a permettere a Connor di rilassarsi un po' e abbassare le braccia.

"Va bene," concluse il capitano sfregandosi le mani. "Sonnellino, carboidrati, rituali, portafortuna e tornate qui per fare il culo al Washington. D'accordo?"

Alla sera rimasi in panchina e fui in grado di seguire la partita con occhio spassionato. Giocammo bene, riuscimmo a non farci prendere dalla rabbia e a rimanere concentrati, niente a che vedere con la squadra svogliata e a pezzi di qualche giorno prima. Qualche tifoso alzò dei cartelloni, ma non erano carichi di odio. Quello che vidi aveva perfettamente senso ai miei occhi: i fan si stringevano intorno a noi, ci stavano vicini e ci aiutavano in un modo che non potevano neppure immaginare. Sulle gradinate si vedevano parecchi indossare la casacca blu dei Railers.

Sapevo esattamente dove era seduto Gatlin, pattinai fino a quel punto e incrociai il suo sguardo. Poi diedi un colpo di bastone alla balaustra e gli mandai un bacio. Lui lo ricevette in modo comico, prima esagerandone l'impatto e poi fingendo di infilarselo in tasca.

Era incredibile quanto fossi innamorato di quell'uomo.

Fu una partita combattuta e alla fine del secondo tempo eravamo pari, un goal per parte. Appena iniziato il terzo tempo, Gids segnò la sua prima rete nella National Hockey League sugli sviluppi di un bell'ingaggio vinto nella metà campo del Washington. Pura poesia. Quando passò davanti alla panchina a ricevere la nostra ovazione, urlava di gioia.

Lottammo per riuscire a mantenere quel punteggio e al fischio finale ce l'avevamo fatta: avevamo vinto.

Ne avevamo davvero bisogno.

Per gli attaccanti che avevano cambiato linea, per Gids con il suo primo goal nella NHL, per Jared e i suoi difensori, per gli allenatori che ci avevano visto implodere e avevano pregato che riuscissimo a venirne fuori e per i tifosi che meritavano una vittoria.

Ma soprattutto per Ten.

SEDICI

Gatlin

Per Natale, Bryan e io decorammo il mio appartamento alla bell'e meglio. Lui appese qualche festone e comprammo un alberello finto, già addobbato con bastoncini di zucchero dorati, palle di plastica colorate e un orribile omino di panpepato ricoperto di glitter. Anche se mancavano solo due settimane al venticinque dicembre non avevamo nessuna voglia di celebrarlo. Il pensiero di Tennant continuava ad aleggiare nelle nostre menti, così come, ero sicuro, succedeva agli altri Railers.

Ten era stato dimesso dall'ospedale, ed era una gran bella notizia, ma non era tornato a casa. I neurochirurghi erano stati irremovibili sul fatto che avrebbe dovuto trascorrere un periodo di tempo in una clinica riabilitativa in Hersey. Tennant era stato tutt'altro che contento della loro decisione, ma grazie a sua madre – che aveva deciso di stare al suo fianco a tempo indefinito in modo che Jared potesse ricominciare a lavorare – e al suo ragazzo, il giovanotto recalcitrante si era convinto a dare una possibilità alla clinica. Due settimane. Solo quattordici giorni e poi, se i medici e i fisioterapisti fossero stati d'accordo, sarebbe potuto tornare a casa e avrebbe proseguito la terapia in regime ambulatoriale. Era chiaro che per la parte restante della stagione non ci sarebbe stato hockey per lui, ma tutti pregavamo che recuperasse abbastanza da poter giocare l'anno seguente.

L'indomani avevamo in programma di andare a trovarlo al centro riabilitativo. Bryan stava ancora lavorando sui tremendi sensi di colpa che lo divoravano e, anche per questo, avevo organizzato una cena con i suoi genitori affidatari e mio padre e mia madre. Stavano venendo da noi per conoscersi e per uno scambio di auguri natalizi anticipato e la cosa mi rendeva nervoso come un animale in gabbia.

"Questo albero è triste," commentò Jess mentre io facevo il giro del tavolo aggiustando tutte le posate d'argento per assicurarmi che fossero perfettamente dritte. "Perché poi la gente compra quelli finti? Perché non quelli veri? E perché dovresti comprarne uno addobbato da qualcuno che non ha il minimo gusto?" Sganciò un omino di panpepato dorato da un ramo storto e lo tenne sollevato con una mano. "Questo coso è davvero orribile."

Garrett mi seguiva spostando tutte le posate a sinistra di qualche millimetro.

"La smetti, per favore?" ruggii a mio fratello. Lui sollevò un sopracciglio. Io feci un lungo sospiro. "Scusa, scusa. Più ci avviciniamo al momento del loro arrivo e più divento nervoso."

"Nervoso non è la parola che userei io," commentò

lui, dopo di che iniziò a spostare tutti i bicchieri a destra di qualche centimetro. La voglia di prendere a pugni lui e il suo bel completo stava diventando irresistibile. "Direi più nevrotico."

Gettai un'occhiata a Jess e lei annuì a conferma del giudizio del padre, poi gettò l'omino di panpepato a Vodoo, il gatto randagio nero che Bryan aveva invitato a entrare qualche giorno prima e che era stato ribattezzato così in omaggio alla canzone dei Black Sabbath. Fin da subito, la bestiola si era sentita a casa e aveva iniziato a dormire con noi. Prima di permetterglielo, tuttavia, lo avevamo lavato due volte con uno shampoo antipulci ed entrambi portavamo ancora le cicatrici di quella piccola impresa. Vodoo, con una zampata, trascinò la decorazione sotto il divano, poi, annoiato dal gioco, se ne andò con la sottile coda nera sollevata.

"Sì, va bene, sono nervoso. E quando mi innervosisco mi stresso. E quando mi stresso divento…"

"Nevrotico," dissero mio fratello e mia nipote all'unisono.

Avevo un'ottima risposta sulla punta della lingua, ma sentii rumore di passi che salivano le scale. Schiaffeggiai la mano di Garrett che si stava avvicinando al mio bicchiere e corsi verso la porta con lo stomaco che bruciava per l'acidità indubbiamente dovuta al mio comportamento nevrotico. Quando spalancai la porta facendo entrare in casa i fiocchi di neve che scendevano dallo scuro cielo pomeridiano, Bryan mi sorrise.

"Ci siamo imbattuti nei tuoi davanti al negozio. Avevano parcheggiato proprio dietro di noi," mi informò. Mi diede un rapido bacio ed entrò per permettere al suo seguito di sfuggire al freddo.

Quando mia madre e mio padre fecero il loro ingresso nel mio piccolo appartamento, provai per diversi, lunghi istanti una sensazione di distacco dal resto del mondo. Mamma scrollò la sciarpa che portava intorno alla testa seminando fiocchi di neve sul pavimento. Poi il suo sguardo incontrò il mio.

Di tutti i possibili scenari che avevo immaginato da quando avevamo perso Gina, quello di vedere i miei genitori in casa mia era quello che non avevo neppure osato sognare. Eppure erano lì. E mi guardavano con gli occhi pieni di lacrime.

Sentii vagamente Garrett che si schiariva la gola. Mamma si morse il labbro inferiore, il suo sguardo era colmo di dolore. Mi avvicinai e l'abbracciai, stringendola e piangendo su di lei mentre lei piangeva su di me. Poi mio fratello e Jess si fecero avanti e io lasciai andare mia madre così che potesse vedere il suo primogenito e abbracciare la nipote che non aveva mai visto. Papà, con le labbra serrate e gli occhi umidi, mi strinse la mano. Come aveva detto Garrett, non eravamo persone espansive e tutte le lacrime che aveva versato mia madre sarebbero probabilmente bastate a mio padre per i prossimi venti anni.

"Ci siete mancati, ragazzi," disse papà secco, poi serrò la stretta ancora un momento prima di spostarsi per permettere ai genitori affidatari di Bryan di abbracciarlo. Daisy e George erano persone fantastiche, estroverse e sempre pronte al sorriso, capivo perché Bryan li adorava.

La cena fu strana. Strana nel senso di qualcosa che non ti sembra reale eppure ci sei dentro, sai che sta succedendo perché senti il sapore del polpettone, il profumo delle patate all'aglio, il peso del piatto della carne mentre lo passi a tua nipote e vedi i tuoi genitori seduti di fronte a te. Jess si fece carico della conversazione trascurata da me e mio fratello. Io, di tanto in tanto, intervenivo, ma gli anni trascorsi lontano, credendomi odiato, pesavano e sapevo che sarebbe stato così per un po'. Garrett, beh, era Garrett. Asciutto come il Sahara, ma mai sgarbato. Bryan continuava a sorridermi imbarazzato, mentre il suo ginocchio sfiorava il mio sotto il tavolo. Tutto sommato, era il primo abbozzo di quello che, in futuro, speravo sarebbe stata di nuovo una famiglia.

Dopo il dessert, una torta marmorizzata rossa e bianca preparata da Jess, i miei genitori se ne andarono accennando a un volo la mattina presto che li avrebbe portati in Arizona a trascorrere le festività con la sorella di mia madre. Bryan, Garrett e io ricevemmo una veloce stretta di mano da parte di mio padre e un bacio sulla guancia da mia madre. Jess fu abbracciata dalla nonna che le pizzicò anche le guance. Il nonno si limitò a un rapido abbraccio, poi guidò mia madre verso la porta.

I genitori di Bryan – mi rifiutavo di pensare a loro solo come ai suoi "genitori affidatari" poiché incarnavano tutte le cose buone che un genitore dovrebbe essere per un figlio – si fermarono per il caffè e una chiacchierata e intorno a mezzanotte lui li riaccompagnò in albergo. Si sarebbero fermati per la partita della sera dopo e sarebbero ripartiti la mattina seguente.

Quando fummo rimasti solo Vodoo e io – Garrett e Jess se ne erano andati dopo avermi aiutato a sistemare – mi sedetti sul divano. Ero stanco, ma provavo una piacevole sensazione di pace.

Overkill dei Motorhead girava sul piatto, Vodoo mi si era piazzato sui piedi appoggiati sul tavolino, io mi ero versato una tazza di caffè bollente e avevo preso una pila di corrispondenza da guardare mentre aspettavo che Bryan rientrasse. Era la mia posta e il casino che lui portava a casa e buttava insieme alla mia. Come era ovvio non avevo la minima idea di dove fossero i miei occhiali e non volevo disturbare il gatto che ronfava contento. Tenendo la prima busta con il braccio esteso il più possibile, riuscii a capire solo che l'indirizzo era scritto a mano e che il destinatario era Bryan. Anche l'indirizzo del mittente era scritto con la stessa grafia tondeggiante.

La misi da parte e cominciai ad aprire la mia posta fino a quando gli occhi iniziarono a bruciarmi per lo sforzo. Circa dieci minuti dopo, Bryan rientrò, aveva i capelli cosparsi di fiocchi di neve. Mi venne il dubbio di potermi essere addormentato, ma non lo avrei mai ammesso.

"Dormivi?" mi chiese mentre si levava il giaccone e scalciava via le scarpe per accomodarsi sul divano accanto a me.

"No."

"Sei un pessimo bugiardo," commentò con un sorriso.

"Stavo solo controllando di non avere buchi nelle palpebre."

"Certo." Allungò una mano su Vodoo le cui fusa aumentarono di volume fino quasi a raggiungere quello della voce di Lemmy, poi si lasciò andare sullo schienale del divano. Io mi sfregai gli occhi e sbadigliai. "Dove sono i tuoi occhiali da lettura?"

"Non ne ho idea." Lasciai che le palpebre si abbassassero perché ero davvero stanco e Bryan era caldo e al sicuro di fianco a me. Lui si mosse un po', poi lo sentii aprire una busta. Mi ero quasi appisolato quando emise un verso che ricordava quello di una bestia ferita. Mi obbligai ad aprire gli occhi stanchi e mi voltai nella sua direzione. Aveva la mascella serrata e la bocca chiusa in una smorfia. "Ti hanno di nuovo mandato una bolletta troppo alta per la TV via cavo?"

"È una lettera dei miei genitori."

Annebbiato dalla stanchezza, mi sforzai di capire perché gli avevano scritto quando sapevano che sarebbero venuti a trovarlo proprio quella sera. E poi chi scriveva più lettere? Cazzo, la prossima generazione non avrebbe saputo scrivere in corsivo a causa dell'invenzione dei messaggini.

"Oh," borbottai quando il significato di quello che mi aveva detto arrivò al mio cervello. "I tuoi genitori naturali?"

Sembrava strano definirli così visto che Bryan non era mai stato abbandonato o adottato ufficialmente da Daisy e George, ma sono davvero i timbri e le sentenze a decidere chi amiamo e riconosciamo come famiglia? No, non è così.

Avevo cento domande sulla punta della lingua, ma lo lasciai leggere in silenzio. Beh, con il silenzio che era possibile con Kilmister e la sua gang che giravano sul piatto.

"Merda," disse alla fine con un filo di voce rotta per l'emozione. "Non me lo faranno di nuovo, no!" Strappò la lettera in due, poi in quattro e poi in pezzi sempre più piccoli finché tutto ciò che ne rimase fu un mucchio di coriandoli sul tavolino che venne presto spazzato via dalla coda che Vodoo muoveva pigramente avanti e indietro.

"Fare cosa?" Gli misi una mano sulla parte posteriore del collo, i capelli corti sulla nuca erano morbidi come i peli sulla pancia di un gattino. Mossi le dita sui muscoli contratti.

"Tutto. Solo…"

"Ehi, non sei obbligato a parlarmene se non vuoi. Capisco perfettamente quanto sia difficile rielaborare ciò che riguarda la famiglia." Se non lo sapevo io…

"No, Mitch nelle nostre sedute di terapia dice sempre che dobbiamo parlare delle cose negative." Bryan sollevò Vodoo dai miei piedi, se lo portò al petto e tornò ad appoggiarsi allo schienale del divano. Il gatto era totalmente rilassato nelle manone del mio uomo. "Condividerle le rende più leggere e ti aiuta a farci i conti."

Cazzo. Per fare i conti con tutto quello che mi era successo ci sarebbero voluti anni. Guardai il mio compagno che carezzava il vecchio randagio e dovetti ammettere che con le sue sedute di terapia stava facendo un ottimo lavoro. Forse in questa cosa di 'parlarne con un professionista' c'erano degli elementi che non fino a quel momento non avevo visto o che mi ero rifiutato di riconoscere.

Gli passai la mano tra i capelli. Lui apprezzò e reagì come avrebbe fatto Vodoo a una grattatina sotto il mento. Man mano che gli massaggiavo il cuoio cappelluto vedevo distendersi le rughe da stress intorno alla bocca.

"Sono sempre a corto di soldi," disse piano, a voce bassa. Mi girai verso di lui e continuai ad alleviargli la tensione con le dita. "Da quando sono diventato un professionista, ogni tanto si fanno sentire per chiedermene. Credo che li spendano per finanziare predicatori imbroglioni… forse. Non lo so. Loro dicono di no, però, sì, lo hanno fatto per un anno o due. Mi sento in colpa a non aiutarli quando me lo chiedono, ma so che non devo. Mi stanno usando."

Cazzo. "Penso che sia così, amore." Con gentilezza lo tirai a me e gli posai un bacio sul lato della testa respirando il profumo del suo shampoo. Mi dispiaceva non trovare le parole giuste per confortarlo. "Il loro comportamento schifoso, comunque, non dipende da te."

"Sì, ma continuo a cedere perché spero che se do loro il denaro loro mi ameranno come ogni genitore dovrebbe fare."

Lui e Vodoo si spostarono di lato e si sdraiarono sul mio petto. Li sistemai perfettamente, Bryan con la schiena sul mio torace e il gatto disteso sulla sua gola come una stola di visone nero con la coda che si agitava.

"Sappiamo entrambi che non abbiamo alcun controllo sugli altri". Gli accarezzai il viso, passando le nocche lungo la sua mascella forte.

"Sì, lo so."

Il suo peso era piacevole. Sorrisi guardando le sue lunghe gambe che penzolavano dal bracciolo del divano.

"E non possiamo convincere i nostri genitori ad amarci, così come non possiamo farlo con le altre persone. È solo che quando è la nostra famiglia a non averci a cuore è più doloroso perché... beh, perché è la nostra famiglia."

"Hai ragione. Non ho davvero bisogno che si preoccupino della mia anima. È in ottime mani, le stesse mani che tengono il mio cuore. Le *tue* mani."

"Ti adoro."

Sentii che si lasciava andare su di me. Il disco finì e il silenzio riempì la stanza. Persino il gatto era immobile e il volume delle sue fusa diminuì rapidamente a mano a mano che scivolava in un sonno profondo. "Dovresti prendere in considerazione l'idea di parlare con Mitch. È bravo. Mi sta aiutando molto."

"Lo so." Mmm, forse ero stato un po' brusco. "È solo che non credo di essere pronto a parlarne con un estraneo. Sono vecchio, per me è difficile cambiare e..."

"E accampi scuse."

Ragazzi svegli: Jess mi aveva detto la stessa cosa un paio di giorni prima. A dire il vero mia nipote aveva strigliato suo padre e me perché ci tenevamo dentro le cose o reprimevamo le emozioni o qualsiasi fosse la cosa che facevamo che lei pensava fosse deleteria per la nostra salute mentale.

"Sì, accampo scuse." Bryan rovesciò la testa e protese le labbra e io premetti la bocca sulla sua per un istante. Vodoo allungò una zampa e mi toccò il mento. Immaginavo cosa stesse pensando.

Ehm, umani, per favore evitate di sbaciucchiarvi quando c'è un felino perfetto che è disposto a permettervi di rendere omaggio alla sua grandezza per mezzo di carezze, baci e qualche dolcetto per gatti.

Bryan ridacchiò al gesto del gatto. "Penso che dovremmo dargli uno snack."

"Mi rifiuto di alzarmi a prenderglielo," dissi con tutto il falso risentimento che riuscii a mettere insieme. "Gli carezzerò la pancia, però."

"I gatti non sono appassionati di carezze sulla pancia."

Gli infilai una mano sotto la maglietta e la mossi lentamente verso il suo stomaco piatto.

"Tu sì, però. Giusto?" gli chiesi con una voce roca e sexy alla Sam Elliot.

Bryan annuì e chiuse piano gli occhi. Un'immagine abbastanza osé della mia mano che si infilava nei suoi pantaloni mi si affacciò alla mente appena prima che il gatto saltasse proprio su quella mano che vedeva muoversi sotto la maglietta.

Cinque minuti più tardi, mentre versavamo acqua ossigenata sul dorso della mia mano, lanciai uno sguardo a Bryan affaccendato con i quattro profondi buchi che mi decoravano la pelle.

"È molto dispiaciuto," disse il mio compagno, poi piazzò un piccolo cerotto rotondo sull'artigliata numero uno.

"Non mi è sembrato."

"Forse ha bisogno di un altro gatto con cui giocare." Alzò gli occhi sensuali dal lavoro di pronto soccorso. Io lo fissai, cosciente del fatto che se quell'uomo avesse suggerito di prendere un elefante per fare compagnia a Vodoo, mi sarei precipitato a comprare traversine giganti per cuccioli. "È giovane e ha tanta energia da sfogare."

"Mmm, proprio come qualcuno che conosco."

Il suo sguardo si illuminò di promesse erotiche e poi si prese almeno un'ora per dimostrarmi quanta energia possedesse. Era davvero tanta.

L'indomani, dopo l'allenamento mattutino, ci recammo a Hershey. Bryan era stato irremovibile sulla sua decisione di andare a trovare Tennant e io non avevo nessuna intenzione di negargli quella visita... e più o meno nient'altro.

La struttura riabilitativa era nuova e impeccabile, all'avanguardia, con personale sorridente che assisteva le vittime di terribili lesioni cerebrali lungo i corridoi assolati. Dopo esserci presentati alla reception, ci fu detto che avremmo potuto trovare Tennant nel solarium dell'ala ovest e di seguire la linea blu sul pavimento.

Sul percorso oltrepassammo piscine e palestre con pesi e ogni tipo di attrezzo per la riabilitazione. Il posto era immacolato, i pavimenti lucidi, le pareti bianche e luminose ricoperte di carta da parati gialla fino al soffitto.

Bryan proseguì a passo veloce, tenendomi per mano, fino a quando la linea blu sul pavimento scintillante finì all'esterno di una bella sala piena di piante, con pareti di vetro che si affacciavano su prati ondulati. A un tavolo, vicino a una piccola fontana di roccia, sedevano Tennant, sua madre e Max van Hellren. Quando riconobbi l'ex campione seduto di fronte a Ten, con in mezzo una scacchiera, per un momento tornai a essere un tifoso: avevo sempre amato il modo in cui giocava Max. Attraversammo la sala, oltrepassando con cautela terapisti e famiglie in visita. Alcuni pazienti si stavano esercitando con piccole palle, altri scrivevano con penne o gessetti, altri ancora si sforzavano di raccogliere piccoli oggetti per infilarli in un contenitore.

Quando arrivammo nei pressi del tavolo rotondo, Tennant alzò lo sguardo e ci accolse con un grande sorriso. Max sollevò la testa per vedere a chi stesse sorridendo il suo avversario, poi si alzò e strinse la mano di Bryan.

"Sono contento che qualcuno si sia deciso a passare, ne ho le scatole piene di farmi battere da questo ragazzino." Poi strinse la mano anche a me.

"Dice un s-sacco di stro… stronzate," commentò Ten a voce alta, anche se con un po' di difficoltà. "L'ho battuto… f-forse… due v-volte."

"Direi cinque partite su sette." Max cedette il suo posto a Bryan e rimase in piedi alle spalle della signora Rowe che stava leggendo un e-book.

"Appena Ben torna dall'ufficio del direttore, noi andiamo. Sono contento di vedere che Ten è sempre nei pensieri della squadra," mi sussurrò Max mentre il mio ragazzo preparava i pezzi per una nuova partita. Le difficoltà di espressione del paziente erano il segno che lo aspettava ancora un lungo percorso.

"È sempre nei nostri pensieri, fidati."

La signora Rowe si girò a guardarci e ci rivolse un sorriso triste. Max le posò una mano sulla spalla, poi alzò lo sguardo verso Ben che camminava nella nostra direzione. Avevo visto qualche foto di loro due insieme dopo che Max si era ritirato. Conducevano una vita da sogno, in una fattoria in cui si occupavano di animali da cortile salvati e piccoli animali domestici.

"Mi dispiace di averci messo tanto," disse Ben dopo che ci ebbero presentati. "Stiamo cercando di organizzare un programma di visite con i nostri animali o addirittura di affidare ai pazienti la cura di alcuni conigli che abbiamo appena preso in affidamento."

"Sarebbe meraviglioso," commentò Bryan mentre aspettava che Ten muovesse. Il ragazzo ci mise un po' a decidersi ed era evidente la frustrazione che provava per il costante bisogno di chiedere se poteva muovere in un certo modo. "Ben, non è che per caso hai un gatto che ha bisogno di una casa? Uno che vada d'accordo con i suoi simili?"

Lo splendido compagno di Max sorrise come se qualcuno gli avesse appena consegnato un biglietto vincente della lotteria.

"Bryan, lascia che ti racconti tutto dei nostri gatti in cerca di un tetto sicuro."

Prese una sedia e si mise vicino al mio portiere che era il ritratto dell'innocenza. Max e io ci scambiammo un'occhiata.

"Tanto vale che ti sieda, Gatlin. Potrebbe volerci un po'," disse, strizzandomi l'occhio con l'espressione di uno che la sapeva lunga. Non avevo progetti per il resto della giornata e vedere lo sguardo di Bryan illuminarsi a quel modo fece sì che l'ora seguente, passata a discutere di gatti e documenti per l'adozione, passasse in un lampo. Più o meno. Va bene, non fu proprio un lampo, ma se rendeva Bryan felice, sarei stato disposto a rimanere lì anche per un mese.

Epilogue

Non c'era un altro modo di vedere la cosa: i gattini erano diventati i padroni delle nostre vite.

"Ricordami perché ne abbiamo presi due," borbottò Gatlin mentre si sfilava i piccoli artigli dal collo.

"Compagnia," risposi e presi Lemmy dalle braccia tese del mio compagno.

Quando la piccola palla di pelo si liberò e gli si gettò di nuovo addosso, questa volta arrampicandosi sulla sua casacca dei Railers e strappandone il logo, Gatlin scosse la testa, poi lo sollevò con una mano sola. L'animaletto provò a difendersi colpendolo sulle dita con le piccole zampe. Il sorriso sul volto di Gatlin la diceva lunga: poteva fingere di essere infastidito da Lemmy e sua sorella Fox, ma il giorno precedente lo avevo beccato a dormire sul divano stringendo i due micini sul torace in modo inconscio e protettivo.

"Su, piccolo," mormorò e lo portò nella piccola lavanderia che avevamo sistemato a misura di gattino.

Fox, che aveva trovato un vecchio casco da hockey e ne aveva fatto il suo giaciglio, dormiva russando appena. L'esatto opposto di Lemmy: se Fox dormiva, mangiava e ricominciava a dormire, Lemmy era un piccolo demonio che voleva essere coinvolto in ogni cosa.

Quella mattina, seduto sul tappetino, mi aveva osservato mentre facevo la doccia e posso giurare che nei suoi occhi avevo letto l'intenzione di farne una delle sue, così mi ero assicurato che la porta di vetro del box fosse ben chiusa. Avere un gattino che mi si arrampicava sul corpo nudo non rientrava certo nelle mie priorità.

Alla fine riuscimmo a chiuderli nella lavanderia quando si era ormai fatta l'ora di andare al palazzetto del ghiaccio. Quella sera avremmo affrontato il Florida e io ero elettrizzato all'idea di giocare da titolare contro Jamie Rowe. Il fratello di Ten mi piaceva molto – come anche Brady del resto – ma, cazzo, non gli avrei permesso di segnare. Neanche per idea.

Eravamo a metà delle scale quando mi accorsi di aver dimenticato la mia moneta portafortuna. Ogni giocatore di hockey ha un amuleto e il mio era una moneta che Daisy mi aveva dato per il biglietto del bus il primo giorno che avevo trascorso da loro. La mia nuova *mamma* voleva essere sicura che avessi abbastanza soldi, ma io ero troppo timido per prendere il bus ed ero andato a piedi. Quella sera avevamo vinto e da quel momento avevo sempre portato la moneta a ogni partita. Era una cosa stupida, lo so, ma così è la vita: tutti ci aggrappiamo a ciò che ci fa stare bene.

"Scaldo la macchina," disse Gatlin e continuò a

scendere le scale. Veniva con me al palazzetto e aveva un posto nell'area riservata alle famiglie dei giocatori. Aveva fatto subito amicizia con la moglie e i figli di Connor. Era bravo con i bambini *e* i gattini, sarebbe stato di sicuro un ottimo padre.

Quando rientrai nell'appartamento, il mio telefono stava squillando. Avevo preso l'abitudine di lasciarlo a casa dopo aver capito quanto disturbasse la mia concentrazione. Mi ero reso conto che faceva scattare il ricordo di Aarni e dei Raptors, ma stavo ancora lavorando su quelle dinamiche.

Non avevo intenzione di rispondere, ma fu sufficiente una rapida occhiata allo schermo per vedervi il nome del mio ex, e tanto bastò a mandarmi in confusione. Lottai contro l'istinto di rispondere immediatamente per evitare di farlo incazzare e la chiamata venne deviata alla segreteria telefonica. La mia moneta era dove l'avevo lasciata, vicino al deodorante, me la infilai in tasca e mi diressi verso la porta.

Il cellulare, tuttavia, suonò di nuovo. Lo sollevai ed esitai con il pollice sopra il tasto di risposta. Non ricordo di aver deciso di premerlo, ma successe e sentii la voce di Aarni.

"Alla fine ti sei deciso a rispondere a 'sto cazzo di telefono," scattò subito. Io appoggiai l'apparecchio sul bancone e lo fissai. "Bryan? Bryan!"

Feci un passo indietro, ma non riuscivo a staccare gli occhi da quel maledetto arnese.

"Bryan, ci sei?"

Mi avvicinai e inserii il vivavoce.

"Sono qui," risposi infine.

"Cazzo, Bryan, sono ore che cerco di parlarti."

Non avevo visto chiamate perse, quindi era solo la seconda volta che chiamava, eppure era infuriato perché non avevo risposto al volo. Stavo per scusarmi, ma mi obbligai a non farlo. Avevo finito di preoccuparmi per lui.

"Cosa vuoi?" chiesi invece.

"Questa storia è una stronzata. Hai visto quello che è successo, non ho fatto male a quello stronzo di proposito, ma quei rompicoglioni dei Railers non vogliono mollare il colpo. Ho anche rilasciato un comunicato stampa. Cos'altro volete?"

Io rimasi silenzioso e fu come gettare benzina sul fuoco.

"Porca troia, Bryan, di' a quello stronzo del tuo centrale di fare un comunicato e di levarmi di dosso tutti 'sti rompicoglioni."

Ah, quindi era di quello che si trattava.

Percepii la presenza di Gatlin al mio fianco; mi prese la mano e intrecciò le dita con le mie. Era tutto per me: la mia forza, il mio amore, il mio futuro e non avevo mai pensato di poter amare qualcuno così profondamente come amavo lui. Non mi affidavo a lui per prendere le mie decisioni e non mi preoccupavo di quello che pensava, ma non ero più spaventato dalla mia ombra da quando stavo con lui.

Mi aveva reso più forte soltanto facendo parte della mia vita.

"Bryan, mi stai ascoltando? Di' a Ten di rilasciare un comunicato."

Gatlin mi strinse la mano, lo guardai e nei suoi occhi lessi empatia e preoccupazione.

"No."

Era una parola così semplice, eppure non penso di averla mai pronunciata allo stesso modo con nessuno prima di quel giorno, non con la stessa profonda convinzione.

"Bryan…"

"No, non dirò a Ten di fare niente. Hai minacciato lui e me e lo hai deliberatamente trascinato contro il tuo pattino facendolo cadere. Volevi fargli del male e non è stato nella foga dello scontro, ma un gesto deliberato."

"Sono tutte stronzate…"

"Ti meriti tutto quello che ti sta accadendo. Sei vendicativo, intimidatorio, dispotico, giochi per una squadra marcia fino all'osso e ti giuro che con te ho chiuso."

Raggiunsi il telefono e interruppi la sua tirata terminando la chiamata.

Dopo di che rimasi lì in silenzio finché Gatlin non mi tirò a sé. Mi infilai tra le sue braccia, gli posai la testa sulla spalla e inspirai il suo profumo. Aspettavo che si presentassero il panico o il senso di colpa, invece mi sentii più leggero.

"Ti amo," sussurrai e mi strinsi a lui più forte.

Gatlin, con la punta delle dita, mi sollevò il mento.

"Ti amo di più," bisbigliò. "Sempre."

Poi, mano nella mano, uscimmo per andare al palazzetto e, cazzo, quella sera avrei parato qualsiasi tiro. Me lo sentivo dentro.

Ero invincibile.

. . .

F**INE**

Prossima uscita per la serie

Zona Neutra (Harrisburg Railers Vol. 7, romanzo breve)

Tennant Rowe ha tutto ciò che si possa desiderare: un compagno che adora, una famiglia amorevole e una carriera in ascesa. Ha trovato il suo posto nel mondo e il futuro può solo essere più luminoso. Poi, una sera, in un turbinio di lame di pattini e bastoni, la sua vita cambia per sempre. Riuscire a tornare sul ghiaccio diventa la priorità di Ten e gli esperti dicono che è solo una questione di tempo.

Jared vede il suo compagno cadere, non solo sul campo, e di fronte alla tragedia anche il rapporto più solido viene messo alla prova. Ten è forte, ma Jared deve esserlo ancora di più per poter aiutare l'uomo che gli ha preso il cuore. Deve ammettere, tuttavia, che forse non è solo lui che può aiutarlo a recuperare appieno.

L'amore di Jared e Ten è per sempre, ma il percorso accidentato verso il romantico Natale che Jared aveva programmato potrebbe essere difficile da percorrere.

Nota delle autrici

Se vi è piaciuto questo libro...

... vi saremmo davvero grate se lasciaste una recensione sui siti dei più importanti distributori o sui vostri social media.

Sono le recensioni la ragione per cui qualcuno potrebbe decidere di leggere questo libro o cominciare questa serie.

Un sincero grazie.

Bacie e abbracci

RJ e V.L.

MM Hockey Romance

Per aggiornamenti e novità sulla serie dedicata ai Railers, i prossimi libri sulla squadra, una nuova serie sugli Arizona Raptors, racconti brevi sui vostri personaggi preferiti e molto altro sul mondo dell'hockey: mmhockeyromance.com

Sull'autrice RJ Scott

RJ ha pubblicato più di cento romanzi nella sua carriera. La scoperta del romance quando era ancora molto giovane le fece capire che se anche un libro non conteneva una storia d'amore, nulla poteva impedirle di crearsela da sola nella sua testa, e fu così che cominciò la sua carriera di scrittrice.

Vive e lavora nella sua casa nella splendida campagna inglese e trascorre il tempo libero a leggere, guardare film e divertirsi insieme alla sua famiglia.

L'ultima volta che si è presa una settimana di riposo dalla scrittura non ha apprezzato e deve ancora incontrare una bottiglia di vino che non sia stata capace di sconfiggere.

rjscott.co.uk/it | rj@rjscott.co.uk

Newsletter - rjscott.co.uk/IT-NL

facebook.com/author.rjscott

x.com/rjscott_author

instagram.com/rjscott_author

bookbub.com/authors/rj-scott

goodreads.com/rjscott

amazon.com/author/rj-scott

pinterest.com/rjscottauthor

Sull'autrice V. L. Locey

V.L. Locey ama i jeans consumati, lo yoga, ridere a crepapelle, camminare, leggere e scrivere storie lussuriose, la mitologia greca, i New York Rangers, i fumetti e il caffè. (Non necessariamente in questo ordine.) Vive con il marito, la figlia, un cane, due gatti, un gruppo assortito di pollame domestico e due manzi.

Quando non scrive romance piccanti, ama passare la giornata, con il suo serraglio, sulle dolci colline della Pennsylvania con una tazza di caffè in mano. Potete anche trovarla su Facebook, Twitter, Pinterest, Goodreads, il suo sito e il suo blog.

vllocey.com
feralfemale@frontiernet.net

Newsletter - vllocey.com/newsletter

f facebook.com/V.L.Locey

X x.com/vllocey

⊙ instagram.com/vl_locey

BB bookbub.com/authors/v-l-locey

g goodreads.com/vllocey

P pinterest.com/vllocey

RJ Scott - Pubblicati in italiano

Per un elenco completo di ebook e link, scansiona il codice qui
sopra o visita il sito rjscott.co.uk/lista-dei-libri

V.L. Locey - Pubblicati in italiano

Serie Secondo Liam

1. La vita secondo Liam
2. Il Natale Secondo Liam
3. L'amore secondo Liam
4. Il Mondo Secondo Liam
5. *La Famiglia Secondo Liam*

Serie Harrisburg Railers

Hockey - Scritto con RJ Scott

1. Cambio di linea
2. Prima stagione
3. Profonde differenze
4. Attacco controllato
5. L'ultima barriera
6. Linea di porta